Maximilian Drossbach

Über Erkenntniss

Maximilian Drossbach

Über Erkenntniss

ISBN/EAN: 9783743384668

Hergestellt in Europa, USA, Kanada, Australien, Japan

Cover: Foto ©Andreas Hilbeck / pixelio.de

Manufactured and distributed by brebook publishing software (www.brebook.com)

Maximilian Drossbach

Über Erkenntniss

UEBER

ERKENNTNISS.

VON

MAXIMILIAN DROSSBACH.

HALLE.
C. E. M. PFEFFER.
1869.

Descartes behauptet, dass unsere eigene Werthschätzung der ganzen Lebensform ihren Grundton gebe, dass überhaupt nichts wichtiger sei für die ganze innere Haltung des Menschen als die Form seines Selbstgefühls.

Dabei ist selbstverständlich, dass man, um sich selbst achten zu können, einen innern Werth haben muss und dass dieser in nichts anderm bestehen kann, als in der vollkommenen Selbstständigkeit, mit der wir alle unsere Handlungen bestimmen und in der absoluten Energie, mit der wir sie durchsetzen.

So giebt ohne Zweifel auch dem wissenschaftlichen Forscher die eigene Werthschätzung den Grundton in seinen Forschungen.

Und der eigene Werth, den diese Schätzung voraussetzt, kann in nichts anderm bestehen, als in der Selbstständigkeit oder Freiheit im Urtheil, in der Kraft das Wahre selbstständig zu erfassen, wie in dem Muth von Vorurtheilen und den durch Gewohnheit befestigten Irrthümern sich loszureisen. Die Vorurtheile sind es die uns kleinmüthig und unglücklich machen und unter allen am meisten das, dass wir wahre Erkenntniss und Sittlichkeit — als ausserhalb unserer Machtsphäre liegende Ideale — nie sollen erreichen können; dieses ist es, was das Gemüth in die trübste Stimmung versetzt und alle Thatkraft lähmt. In einem solchen Gemüth spiegelt sich Alles in düstern Farben; der Kampf des Lebens erscheint als unnütze Qual, die Ruhe des Todes als ihr fürchterliches Ende, Grund und Ziel des Daseins als ein unlösbares Räthsel, Resignation, Aufgebung des eigenen Wollens als die letzte Zuflucht.

Die Form des Selbstgefühls hat nothwendig auf die Art, in welcher der Forscher zu Werke geht, einen grossen Einfluss und es kann unmöglich bestritten werden, dass, wer sich für abhängig hält, einen andern Weg einschlagen und zu einem anderen Resultat gelangen wird, als derjenige, der sich des Höchsten nicht zu gering achtet.

Spinoza hätte gewiss den Menschen nicht zu einem Modus seiner Substanz erniedrigt, wenn er nicht in dem Vorurtheil befangen gewesen wäre, dass er ein abhängiges Wesen sei, und sein Scharfblick würde bei einer würdigeren Ansicht von sich selbst ein ganz anderes Lehrgebäude zu Stande gebracht haben. Descartes hält es für Tollkühnheit nach den Absichten Gottes zu forschen; Leibnitz wagt seine Monaden nicht weiter als bis zu Spiegeln des Universums zu erheben; Kant bestimmt die Gränzen der Erkenntniss, der Materialismus lässt sie abhängig sein von Wind und Wetter und auch die Lehre von der Immanenz des Unendlichen im Endlichen lässt das Endliche noch bestehen, obwohl das kein Endliches mehr sein kann, welches das Unendliche in sich enthält — oder es hätte nur ein Stück des Unendlichen und dann wäre die Immanenz keine vollständige. So fest durch Tradition und Gewohnheit, durch den Glauben an die Untrüglichkeit der landläufigen Erfahrung ist die Vorstellung von unserer Bedingtheit mit unserm Selbstgefühl verwachsen.

Will man die Natur des menschlichen Wesens kennen lernen, so darf man dieselbe nicht voraussetzen; man setzt sie aber voraus, wenn man die Meinung, dass sie bedingt sei, zur Untersuchung schon mitbringt; alle philosophischen Systeme setzen bei ihren Untersuchungen voraus, dass wir bedingt seien und erklären somit unser Wesen nicht. Daher ist es auch nicht zu verwundern, wenn die grosse Mehrheit der Menschen, welche den nothwendigen Entwicklungsgang des menschlichen Geistes nicht zu durchschauen vermag, misstrauisch wird und die Philosophie als unnützes und erfolgloses Gedankenspiel zu verachten sich anschickt.

Die folgenden Blätter sind mit der Ueberzeugung geschrieben, dass vor Allem die Bedingtheit des Menschen lediglich ein aus der Erfahrung des gemeinen Lebens geschöpftes Urtheil ist und daher als solches keinen Anspruch auf allgemeine und nothwendige Giltigkeit hat, dass dasselbe aber überdiess sich selbst widerspricht, indem es absolute Giltigkeit für sich in Anspruch nimmt, die es doch im Princip läugnet — dass dasselbe mithin zu verwerfen und eine würdigere Anschuung unseres eigenen Wesens an seine Stelle zu setzen ist, damit die Philosophie, nachdem sie nunmehr allem Anschein nach sämmtliche Consequenzen, welche von jener falschen Voraussetzung aus möglich waren, erschöpft hat, einen neuen Aufschwung gewinne und zu einem positiven Resultat gelange.

I.

Das kindliche Gemüth kennt keinen Zweifel, derselbe entsteht erst, wenn bei fortgeschrittener Erfahrung sich, was wir für wahr halten, als falsch herausstellt. Dem Zweifel geht Erfahrung voraus. Wir müssen etwas erfahren haben, wenn wir uns sollen täuschen können; die Erfahrung ist Bedingung des Zweifels, das Vorhandensein des Zweifels der Beweis für das Vorhandensein der Erfahrung.

Dass wir erfahren ist gewiss, es fragt sich aber, was das ist, was wir erfahren, sowie auch, was das ist, was erfährt, oder was wir sind. Wir machen eine Erfahrung (es widerfährt uns etwas), wenn wir irgend eine Einwirkung empfinden, wenn wir irgend etwas wahrnehmen. Man nimmt arglos an, dass die Erscheinungen auf uns einwirken und dass wir dieselben mittels unserer Sinne wahrnehmen. Erscheinungen sind bewirkt, veränderlich und vergänglich, mit einem Wort bedingt. Man glaubt also, dass wir Bedingtes wahrnehmen, wie man auch glaubt, dass wir selbst bedingt seien.

Sowohl Subject als Object der Wahrnehmung und der Erkenntniss sollen bedingt sein. — Aber Erscheinungen sind nichts als Vorstellungen, d. i. subjective Gemüthszustände oder Empfindungen. Können Empfindungen empfunden, Gemüthszustände sinnlich wahrgenommen werden?

Ich sehe nicht Grünes oder Rothes, ich schmecke nicht Süsses oder Saures; es erweckt etwas den Geschmack des Süssen, die Empfindung des Grünen etc. in mir; aber was diese Empfindungen veranlasst, was ich schmecke, sehe, was ich empfinde, ist nicht süss, nicht grün etc.

Das Erscheinungsding hat diese Figur, diese Grösse, diese Schwere, diese Dichtigkeit, diese Farbe, diesen Geruch:

ein jedes ist bekanntlich eine bestimmte Summe solcher Eigenschaften und sonst nichts, denn zieht man dieselben, eine nach der andern davon ab, so bleibt nichts übrig. Alle diese Eigenschaften sind unsere Vorstellungen, das Erscheinungsding ist eine Summe von subjectiven Gemüths-Zuständen, mithin nicht objectiv existirend und nicht sinnlich wahrnehmbar.

Locke meint Undurchdringlichkeit, Ausdehnung, Bewegung seien solche Beschaffenheiten der Körper, die wir wirklich fühlen und sehen, die nicht blos in unserer Wahrnehmung existiren. Aber Solidität, Ausdehnung, Bewegung etc. sind Begriffe und Begriffe kann man nicht tasten oder sehen. Wir fühlen zwar etwas, was uns veranlasst diese Begriffe zu bilden, aber diese Begriffe sind nicht das, was wir fühlen. Wir nehmen weder die Erscheinungen noch die Begriffe wahr, sie sind das Unwahrnehmbare.

Leverrier hat den Planeten Neptun durch Rechnung entdeckt. Doch wird Niemand behaupten, dass er denselben hätte finden können, ohne vorher etwas vom Sternenhimmel gekannt zu haben. Es ging die Anschauung oder Wahrnehmung voraus und dann folgte die Entdeckung durch Calcul. Nun ist der Sternenhimmel selbst ein durch unsere subjective Thätigkeit gebildeter Begriff und die Sterne auf dieselbe Weise entstandene Vorstellungen; wir hätten sie nicht bilden können, wenn wir nichts wahrgenommen hätten, so wie Leverrier zu seinem Planeten nicht gekommen wäre, ohne vorhergehende Anschauung.

Es ist den Vorstellungen der Sterne ein Wahrnehmen vorausgegangen, dessen Gegenstände aber nicht die Sterne sein konnten. Die Erscheinungen sind Folgen, Producte des Wahrnehmens und eben desswegen nicht die Ursachen — nicht die Objecte desselben. So gewiss es ist, dass die Impulse unseres Denkens aus der Erfahrung stammen, eben so gewiss ist, dass die Objecte dieser Erfahrung nicht Erscheinungen, nicht Begriffe sind.

Die auf- und niedergehende Sonne ist gleichfalls eine von uns gebildete Vorstellung. Kopernikus hat gefunden, dass sie eine falsche ist. Sie hätte jedoch nicht gebildet werden können, wenn wir nichts wahrgenommen hätten. Das Auf- und Untergehen haben wir nicht wahrgenommen, denn es ist die von uns nach dem Wahrnehmen gebildete Vorstellung; wir haben also etwas anderes wahrgenommen, und zwar das, was wirklich geschieht; denn das Falsche findet niemals statt, und kann auch niemals wahrgenommen werden. Mithin haben wir stets wahrgenommen, dass die Erde sich um die Sonne dreht, und nur eine falsche Vorstellung gebildet; unser ursprüngliches Wahrnehmen war nothwendig ein richtiges, und es ist nicht wahr, dass wir das sinnlich wahrnehmen, was wir wahrzunehmen meinen.

Da die Sonne und die um dieselbe sich drehende Erde ebenfalls nur Vorstellungen sind, so können auch diese falsch sein; aber das, was wir wahrnehmen und woraus wir diese Vorstellungen bilden, kann kein Falsches sein. Wir nehmen stets und überall das Wahre wahr, der Irrthum ist nur auf Seite unserer Vorstellung.

Wenn es wahr wäre, dass die von uns producirten Vorstellungen zugleich auch die Objecte unseres Wahrnehmens sind, so müssten wir dieselben erst produciren um sie wahrnehmen zu können; so wären die Vorstellungen früher als das Wahrnehmen und bedingten dasselbe. Ich producirte sonach die Vorstellung der Farbe, und ich sehe sie jetzt; so müsste auch der Blinde zur Vorstellung der Farbe und damit zum Sehen kommen können. Kann man durch Bilden von Vorstellungen zum Sehen, Hören, Riechen etc. kommen? Und wie kommt man zu Vorstellungen ohne Sehen, Hören etc.? Warum bilden wir Vorstellungen und gerade solche und keine andern? wie kommt es, dass wir die einen für wahr, die andern für falsch halten? Diese Fragen lassen sich aus der producirenden Thätigkeit des Subjects allein nicht beantworten.

Das Subject ist ein nothwendiger Faktor der Wahrnehmung, der nicht aus dem Object hergeleitet werden kann — damit ist der Dogmatismus, welcher ohne Weiteres vom Objectiven ausgeht, ohne das wahrnehmende Subject in Rechnung zu bringen, zerstört. Aber wenn man das Object aus dem Subject ableitet, so zerstört man dasselbe und mit ihm a u c h das S u b j e c t, welches nur wahrnehmen kann, in so fern es ein wahrnehmbares Object hat.

Wie das Subject nicht aus dem Object so kann das Object nicht aus dem Subject hergeleitet werden. Beide sind absolute Factoren der Wahrnehmung, fällt einer hinweg, so hört die Wahrnehmung auf.

Wie ein befestigter Platz nur ein solcher ist im Gegensatz zu einem Gegner, wie seine Befestigung keine ist, ohne diese Beziehung und wie die Erstürmung desselben nur in so fern stattfinden kann als er befestiget ist, so ist das Subject nur Subject in so fern es die feste Burg ist, welche die Angriffe des Objects empfängt und zurückweist und das Object nur in so fern Object als es der Gegner ist, welcher selbstständig angreift, und dagegen die Reaction des Subjectes erfährt. Beide sind einander coordinirt, stehen im Verhältnisse von Ursache zu Ursache — nicht im Verhältniss von Ursache zu Wirkung, in welchem Fall das Object die Wirkung des Subjectes sein müsste, wonach mithin beide ursprünglich nichts wären! Wenn man die Wechselwirkung als ein gegenseitiges Bedingen auffasst, in der Art, dass das Eine nicht eher wirken könnte bis das Andere wirkt und dieses nicht eher bis das Erste; so käme keines zum Wirken, das Eine wartete auf das Andere und es bliebe immer beim Warten.

Das Verhältniss von Ursache und Wirkung besteht nur zwischen Producenten und Product, also nur zwischen uns und den Erscheinungen, daher Kant Recht hat, dass die Erscheinungsdinge sich stets nach uns richten müssen. Aber eben desswegen kann das Causalitätsverhältniss, welches zwischen uns und den Erscheinungen besteht, nicht zwischen uns untereinander bestehen. Das Verhältniss der Ursachen untereinander ist ein anderes als das der Ursachen zu ihren Wirkungen. Keiner von uns ist Wirkung eines Anderen; Jeder ist Ursache — aber nicht Ursache des Andern, sondern nur seiner Zustände — nicht Ursache seiner Ursächlichkeit (oder Existenz), sondern nur seiner Wahrnehmungen. Jeder wirkt auf den Anderen — aber er bewirkt ihn nicht; Jeder gibt und empfängt Wirkungen in Folge seiner ihm ursprünglich eigenen Kraft.

Und aus demselben Grunde, weil nämlich das Causalitäts-Verhältniss nur zwischen den Ursachen und ihren Wirkungen, d. i. zwischen uns und den Erscheinungen stattfindet, kann dasselbe auch nicht zwischen den Wirkungen, d. i. zwischen den Erscheinungen stattfinden. Keine Erscheinung ist Wirkung einer andern, weil keine — Ursache ist; es kann aber auch keine auf die andere in der Art wirken, dass sie eine Aenderung in ihr verursachte, wie diess bei den Ursachen der Fall ist, weil eben keine wirken, mithin keine irgend eine Aenderung bewirken kann, d. h. es kann zwischen Erscheinungen auch keine Wechselwirkung stattfinden, sie können nicht Subject und Object sein, nicht wahrnehmen und wirken; Unselbständiges kann in keine Beziehungen treten. Die Selbständigkeit von Subject und Object ist die Bedingung, unter der Beziehungen zwischen ihnen stattfinden können.*)

Wie kein Subject ohne Object, kein Object ohne Subject, so kein Empfangen ohne Wirken, kein Wirken ohne Empfangen; ein Wirken ist nur möglich in so fern es empfangen wird, ein Empfangen nur in so fern ein Wirken stattfindet. Beide Thätigkeiten sind zugleich — oder es ist keine von Beiden. Aber nicht allein empfangen und aufgenommen muss das Wirken werden, es muss auch Widerstand finden, wenn es ein Wirken sein soll, und andererseits kann das kein Wirken empfangen, was nicht Widerstand leistet.

Wie eine Festung, die sich gegen den Sturm-Angriff nicht

---

*) Wie In-Beziehung-sein und Selbständig-sein widerspruchlos vorzustellen, siehe Abschnitt III.

vertheidigt keinen wahren Angriff erfährt, so ist das Erfahren einer Wirkung nicht möglich ohne Rückwirken. Dieser Widerstand oder diese Reaction von Seiten des Subjects wird aber auch vom Object empfangen, denn würde sie nicht empfangen, so könnte sie nicht stattfinden.

Somit verhält sich das Subject nicht blos empfangend, sondern auch wirkend und das Object nicht blos wirkend sondern auch empfangend.

Somit ist das Object, indem es die Rückwirkung des Subjects empfängt, auch Subject und das Subject, indem es gegen die empfangenen Einwirkungen reagirt, auch Object. So ist das Object nicht allein Wahrgenommenes, sondern auch Wahrnehmendes und das Subject nicht allein Wahrnehmendes, sondern auch Wahrgenommenes. — Was nicht wahrgenommen werden kann, kann auch nicht wahrnehmen. Und umgekehrt: was nicht wahrnimmt, kann auch nicht wahrgenommen werden.

Ohne die absolute Selbstständigkeit des Objects und dessen Unabhängigkeit vom Subject wäre weder eine wahrhafte Einwirkung desselben, noch eine wahrhafte Rückwirkung auf dasselbe möglich, und damit auch keine wahrhafte Wahrnehmung. Denkt man sich in irgend einer Weise das Object vom Subject abhängig, so hört die Beziehung auf eine gegenseitige zu sein, es tritt das Verhältniss von Ursache und Wirkung, von Bedingendem und Bedingtem ein, das Object wird ein bloses Product des Subjects und wenn dieses nicht anderweitig ein Object hat, so hört es selbst auf Subject zu sein.

Dieses Wahrnehmen und Wahrgenommenwerden, dieses Empfangen und Geben von Wirkungen ist es, was dem Bilden der Vorstellungen, dem formalen Denken, dem Entstehen der Erscheinungen (dem Bewusstsein unserer subjectiven Zustände, und unserm Selbstbewusstsein) vorausgeht und dasselbe bedingt. Diesen ganzen Process von realem Geben und Nehmen machen wir unbewusst durch, ehe wir zum formalen Denken kommen. Jetzt erst fängt das Construiren der Erscheinungs- und Begriffswelt an, jetzt erst entsteht das Reich des Körperlichen, welches wir sinnlich wahrzunehmen meinen und das des Geistigen, welches wir im Denken zu erfassen suchen — und damit auch das Reich der Irrthümer und Widersprüche.

Ich, als das wahrnehmende Subject, bin die subjective Bedingung. Ich hätte keine Vorstellungen, es gäbe für mich keine Erscheinungs- und keine Begriffswelt, wenn ich nicht wahrnähme. Als die Bedingung der Erscheinungen versteht es sich von selbst, dass das wahrnehmende Subject nicht selbst Erscheinung, (also weder schwer, noch roth, noch fest, weder Dreieck, noch Cubus etc.) sein, dass es also nicht durch empirische Forschung, etwa durch Section des Gehirns als Zelle oder Flüssigkeit etc. entdeckt werden kann; als Bedingung der Begriffe versteht es sich, dass das Ich auch keinerlei Begriff sein und also nicht durch Vernunftforschung, durch Analyse oder Synthese der Vorstellungen, als irgend ein Begriff gefunden werden kann — kurz, dass man es in der Erscheinungs- und Begriffswelt vergeblich sucht.

Es ist ebenso selbstverständlich, dass auch die objective Bedingung der Erscheinungen und Begriffe — das wahrgenommene Objective — weder Erscheinung noch Begriff sein und daher weder durch Zertheilung oder Zusammensetzung von Erscheinungen noch durch Analyse oder Synthese von Begriffen gefunden werden kann. Das Sichtbare, Hörbare etc. sucht man vergeblich unter den Erscheinungen und Begriffen, die Bedingung kann nicht unter dem Bedingten gefunden werden. — Etwas anderes ist die Farbe, der Ton, die Schwere, die Cohäsion etc., etwas anderes, was diese Erscheinungen verursacht; sie sind meine Wahrnehmungen und eben desswegen nicht das, was ich wahrnehme; ich bilde die Vorstellungen der Farbe, der Schwere etc. weil ich etwas wahrnehme, aber was ich wahrnehme ist nicht farbig, nicht schwer etc. ist nicht Erscheinung, sondern das, was nicht

Erscheinung ist, noch jemals sein kann. Die bunte, mannichfaltige Welt, die wir mit den Sinnen wahrzunehmen wähnen, ist nicht das sinnlich Wahrgenommene, sondern das Product unserer Einbildungskraft — dagegen das diese Welt Bedingende, der objective Grund derselben, also das, was wir für übersinnlich zu halten gewohnt sind, ist das wahrhaft Wahrgenommene. — Wahrgenommen kann nur werden, was auf uns wirkt, die Erscheinungswelt ist bewirkt — mithin wirkungslos, mithin nicht wahrnehmbar; nur das Wirkende kann sich bemerkbar machen, und was wirkt, muss Kraft haben. Daher ist die **wirkende Kraft** das Wahrnehmbare, daher ist dieselbe nicht übersinnlich. Nicht der Schmerz wird empfunden, sondern das, was ihn bewirkt, er ist nicht der Grund sondern die Folge unseres Empfindens. Das Empfinden ist nur möglich, in so fern etwas empfunden wird, empfunden kann nur werden, was auf uns eine Wirkung ausübt. Was immer wir empfinden, nennen wir es Druck oder Widerstand oder Ton oder Farbe etc., in allen Fällen ist es Kraft, die in mannichfaltigen Formen, in vielverschlungenen Verbindungen, mit verschiedenartiger Intensität, von verschiedenen Orten, zu verschiedenen Zeitpuncten auf uns einwirkt, die wir empfinden, und die Mannichfaltigkeit der Einwirkungen ist es, die uns zur Bildung der verschiedensten Empfindungen und Vorstellungen, zur Bildung dessen, was wir Erscheinungs- oder Sinnenwelt nennen, veranlasst.

Der für unwahrnehmbar gehaltene objective Grund der Erscheinungswelt liegt offen vor uns, und wir haben uns nur zum Bewusstsein zu bringen, dass wir ihn wahrnehmen — mit dem Dogma von der Wahrnehmbarkeit des Materiellen fällt nothwendig auch das von der Unwahrnehmbarkeit des Immateriellen.

Da die wirkende Kraft ebensowohl die Ursache der Begriffe als der Erscheinungen ist, so ist sie es auch, die uns zur Bildung des Begriffs von sich selbst veranlasst. Daher

ist der **Kraftbegriff** etwas ganz anderes als die Kraft
selbst. Der Kraftbegriff ist eine Vorstellung wie die Empfindungen des Süssen, Schweren etc.; wie wir nicht das
Süsse oder Schwere empfinden, sondern das was diese Empfindungen in uns verursacht, so nehmen wir nicht den
Kraftbegriff wahr, sondern das, was denselben veranlasst,
was sowohl die Empfindung des Süssen als den Begriff der
Kraft veranlasst, das ist die wirkende, die lebendige Kraft.
Der Kraftbegriff bewirkt nichts; wäre die Kraft nichts als
ein Begriff, wie könnten wir diesen Begriff bilden, da hiezu
doch wirkliche Kraft nöthig ist?

Producirten wir die Kraft selbst, so müsste dieselbe einmal nicht vorhanden gewesen sein: wodurch sollte aber die
Kraft producirt werden, da sie zum Produciren nöthig ist?

Die Kraft muss ferner irgend wo und irgend wann wirken; ein Wirken, welches nirgends und niemals stattfindet,
ein Wirken ohne Raum und Zeit ist kein Wirken. Also sind
Raum und Zeit an sich schon vor den Begriffen da, die wir
von ihnen bilden und zwar die Bedingungen derselben. Es
ist offenbar: wir produciren die Begriffe von Raum, Zeit und
Kraft — aber der Raum, die Zeit und die Kraft an sich
müssen schon da sein, wenn wir die Begriffe derselben sollen
bilden können. So sind Raum, Zeit und Kraft das ursprünglich objectiv Vorhandene und das stets und überall Wahrgenommene.

Obwohl es Täuschung ist, dass ich meine Anschauungen,
die bestimmten Raum- und Zeitgrössen schaue, so ist doch
gewiss, dass ich schaue; Schauen ist nicht möglich ohne Geschautes, kein Subject ohne Object (gleichviel ob das Schauen
im unbewussten oder bewussten Zustand vor sich geht). Was
wir schauen, nennen wir Raum und Zeit. — Dasselbe gilt
vom Empfinden; ich empfinde (gleichviel ob träumend oder
wachend), aber das Empfinden ist nicht möglich ohne Empfundenes; was wir empfinden, von dem sagen wir, dass es
auf uns einwirke und das Wirksame ist Kraft. So gewiss

ich schaue und empfinde, so gewiss sind Raum, Zeit und Kraft die Objecte meines Schauens und Empfindens. — Ich könnte nicht schauen und empfinden ohne dieselben.

Woher sonst hätten wir unser Schauen und Empfinden? Aus dem Denken nicht, denn wir könnten nicht denken, wenn wir nicht schauten und empfänden. Was wir schauen und empfinden ist nicht aus unseren Vorstellungen abgeleitet, sondern diese aus jenem. Nur weil wir schauen und empfinden, bilden wir Vorstellungen, denken wir formal. Aber wir schauen nicht die Anschauungen von Raum und Zeit, sondern den Raum und die Zeit selbst; die bestimmten Raum- und Zeitgrössen werden producirt, Raum und Zeit angeschaut; wir empfinden nicht den Kraft-Begriff den wir machen, sondern die Kraft die auf uns wirkt. Der Kraft-Begriff wird erzeugt, die Kraft selbst empfunden.

Wenn ich den Stein mit meiner Hand fasse, so ergreife ich doch etwas ganz Materielles — nicht die immaterielle Kraft — behauptet der Dogmatiker; in Wahrheit aber ist es die Cohäsionskraft seiner Theile, deren Widerstreben ich empfinde. Die Last von mehreren Centnern hängt doch am Seile, meint derselbe; man nehme aber die Cohäsionskraft der Theile des Seiles hinweg und die Last fällt zu Boden, die Last hängt an der immateriellen Kraft, nicht an dem materiellen Seil. Die Himmelskörper werden zusammengehalten nicht durch Stoffe, sondern durch Kräfte. Wir gewahren überall nur Kräfte — Niemand hat noch etwas anderes empfunden als wirkende Kräfte.

Wer die bestimmten Raum- und Zeitgrössen für das sinnlich Geschaute hält, der fragt mit naiver Zuversicht: wie kann der unbegrenzte Raum und die unbegrenzte Zeit jemals Object unseres sinnlichen Schauens sein? — und doch schauen wir Alle nur den unbegrenzten Raum und die unbegrenzte Zeit. Niemand hat noch Grenzen von Raum und Zeit geschaut, niemand kann eine solche angeben; jede Grenze ist nur eingebildet, und entschwindet so wie wir ihr näher zu kommen suchen. Wir halten die begrenzten Räume und Zeiten für wirklich Bestehendes, wie wir die begrenzten Körper für wirkliche Dinge zu halten pflegen. Der Stein hat doch offenbar Grenzen, wir sehen und tasten sie ja! Aber was wir tasten, ist nicht Grenze, sondern Kraft und wie könnten wir den Stein sehen, wenn er nicht über seine (scheinbaren) Grenzen hinaus bis in unser Auge wirkte? Die Schwere der Erde oder die Summe der Gewichte ihrer einzelnen Theile wirkt im ganzen Sonnensystem, es müsste das Weltall zusammenstürzen, wenn die Erde aufhörte dasselbe mit ihrer Kraft zu durchdringen. Die Erde erscheint uns begrenzt, wäre sie es in Wahrheit, wie könnte ihre Schwere im unendlichen Weltall wirken? Raum, Zeit und Kraft sind grenzenlos und wir nehmen nur die im unendlichen Raum und in der unendlichen Zeit wirkende Kraft wahr.

Der Knall des Geschützes ist nichts ohne mich den Hörenden und ich bin nicht hörend ohne etwas Gehörtes. Der Knall entsteht in Folge meines Hörens und des von mir Gehörten, und dieses Gehörte ist die Kraft, welche die Luft in gewisse Schwingungen und meine Nerven in gewisse Zustände versetzt. Der Naturforscher erklärt, dass unsere Gehörnerven durch gewisse Luftschwingungen in entsprechende Zustände versetzt werden, die sich bis in das Innere des Gehirns fortpflanzen und dort die Empfindung veranlassen, die wir Ton nennen. Aber auch die Luftschwingungen sind nur gewisse Zustände der Luft und von dem hervorgerufen worden, welches die Vorstellung des Tons in uns veranlasst, sind nur die Mittel, durch welche das, was die Vorstellung des Tons verursacht, unsere Nerven erregt und sich uns wahrnehmbar macht, nicht das eigentlich Wahrgenommene selbst, wie es nicht das Schwert ist, was verwundet, sondern der, welcher es führt; sie sind nur vermittelnde Factoren und haben nur auf die Form der Einwirkung Einfluss.

Wenn der tosende Sturm und das Rollen des Donners uns erregen, wenn die Töne des Chors in vollen Akkorden uns zur Andacht stimmen oder wenn das Bild der in Anmuth und Unschuld strahlenden Jungfrau unser Gemüth bewegt, so empfinden wir immer die Kraft dessen, was die bestimmten Formen der Luft- und Aetherschwingungen bildet, was unsere Nerven in dieser bestimmten Form afficirt, was sie in diesen bestimmten Zustand versetzt, und uns dadurch zu diesen bestimmten Empfindungen und Vorstellungen veranlasst. Nicht die Luft und Aetherschwingungen, nicht die Nervenzustände, nicht unsere Empfindungen sind es, die wir lieben oder hassen, die wir hochachten oder geringschätzen, sondern die Urheber dieser Erscheinungen.

Die Worte Raum, Zeit und Kraft sind nur Zeichen für das, was wir schauen und empfinden — nicht das, was wir schauen und empfinden; wie man z. B. aus den Noten auf dem Papiere nicht die Töne erkennen kann, wenn man diese nicht schon aus Erfahrung kennt, so können uns jene Worte nicht lehren, was Raum und Zeit und Kraft an sich sind, wenn man diese nicht selbst schaut und empfindet. Raum, Zeit und Kraft sind nur für den verständlich, der sie aus eigener Erfahrung schon kennt, und wer diese Erfahrung nicht hätte, dem könnte man durch Erklärungen und Beweise keine Kenntniss von ihnen beibringen. Alles, was man ihm auch sagen würde, wäre für ihn vollkommen unverständlich, wie z. B. ein Gemälde einem solchen, der nie zuvor etwas gesehen hätte, als ein sinnloser Farbenklex erscheinen müsste. Wir nennen eben das, was wir schauen und empfinden, Raum, Zeit und Kraft, aber was wir wirklich schauen und empfinden ist nicht das Wort, sondern die Sache selbst.

Die Kraft, von der hier die Rede, ist nicht der blasse, ohnmächtige Begriff, sondern dasjenige, was ich empfinde, wenn ich meine Hand auf den Ambos lege und mit dem Hammer auf sie schlage. Und demjenigen, der die Realität der Kraft läugnet, beweise ich dieselbe damit, dass ich seine

Hand auf den Ambos lege und das ebengenannte Experiment
mit ihr vornehme.

Was ich empfinde, lässt sich nicht durch Begriffe deutlich machen oder definiren. Wenn die Kraft ein Begriff wäre, so müsste sie durch Begriffe klar zu machen sein, sie ist es ebensowenig als Raum und Zeit. Wie diese nur durch Anschauung erkannt werden, so die Kraft nur durch Empfindung. Wie alle Beweise der Mathematik zuletzt auf sinnliche Anschauung, so reduciren sich alle Beweise der Physik zuletzt auf sinnliche Empfindung, und wie die sinnliche Anschauung so giebt auch die sinnliche Empfindung mathematische Sicherheit; wie die Mathematik ihre Sicherheit nur der sinnlichen Anschauung verdankt, so verleihet auch der Physik die sinnliche Empfindung dieselbe Sicherheit. Alle Beweise der Naturforschung gründen sich zuletzt auf Anschauung und Empfindung.

Was der Naturforscher schaut und empfindet, ist absolut sicher, weil nur Wirkliches wahrgenommen werden kann; denn wie sollte wahrgenommen werden können, was gar nicht existirt? Bei allen Beobachtungen und Versuchen ist das sinnlich Wahrgenommene das mathematisch Gewisse, und im Gefühl dieser Gewissheit behauptet der Naturforscher mit Recht die Wahrheit des sinnlich Wahrgenommenen. Aber die Kunst besteht darin, das scheinbar Wahrgenommene von dem wirklich Wahrgenommenen zu unterscheiden; ich meine die Sonne sich bewegen zu sehen — eine genauere Beobachtung zeigt, dass die Sonne sich nicht bewegt; es ist also nicht wahr, dass ich die Sonne sich bewegen sehe u. s. f. Man muss die Scheinerfahrung von der wahren unterscheiden können, und alle diejenigen Naturforscher, welche meinen, dass die Wirkungen von den Körpern ausgehen, dass sie die Erscheinungsdinge wahrnehmen, sind in einer solchen Scheinerfahrung befangen; daher kommt es, dass sie mit ihrer Behauptung nicht durchdringen können, denn die Dinge, welche sie für das Wirkliche ausgeben, sind veränderlich und widersprechen somit dem Begriff des Wirklichen, welches nur als Bedingung des Veränderlichen, mithin nur als unveränderlich vorgestellt werden kann, und daher kommt es auch, dass dieselben zu der Annahme eines Dritten, sei es nun Gott oder Materie oder Absolutes etc. ihre Zuflucht nehmen oder ausdrücklich erklären müssen, dass ihre Erkenntniss über die Erscheinungen nicht hinausreicht.

Aber eine nähere Beobachtung zeigt, dass die Dinge, welche der Naturforscher für wirkliche wahrgenommene Existenzen hält, nur zu existiren scheinen, wie die Sonne sich nur zu bewegen scheint. Und so bald derselbe sich zum Bewusstsein gebracht haben wird, dass er nicht diese Dinge, sondern die wirklichen wahrnimmt und wenn er beide von einander zu unterscheiden versteht, dann erreicht auch seine Wissenschaft dieselbe absolute Gewissheit, welche die Mathematik besitzt; dann befreit sich die Naturwissenschaft von dem Dogmatismus, welcher die Körperdinge für das Wirkliche hält, und wird dem Kriticismus gerecht, welcher sie als unsere subjectiven Producte nachgewiesen hat. Das Wahre im Dogmatismus ist: dass wir das Wirkliche wahrnehmen, das Falsche: dass die Erscheinungen das Wirkliche seien. Das Wahre im Kriticismus ist, dass die Erscheinungen nur subjective Vorstellungen sind, das Falsche: dass die wirklichen Dinge unwahrnehmbar seien. Indem die Naturwissenschaft das Wahre beider Systeme in sich vereinigt und das Falsche derselben erkennt, legt sie den Grund zu einem neuen System, welches sich über diese beiden erhebt, und sie ist dann nicht mehr Wissenschaft von den Erscheinungen, sondern vom Wirklichen, vom Absoluten.

Dass das wahrnehmende Ich immaterieller Natur sei, wird vom Dualisten gerne zugegeben — und daraus folgt doch, dass es auch nur Immaterielles wahrnehmen kann. Nichts destoweniger behauptet der Dualist, dass er nur Materielles wahrnehme, weil er seiner vermeintlichen Erfahrung Glauben schenkt, die ihm vorspiegelt, dass er materielle Dinge wahrnehme. Dieser Dualismus von Materiellem und Immateriellem hört auf so wie man einsieht, dass das Materielle nur subjective Vorstellung ist, und dass nichts wirkliche oder wahrnehmbare Existenz hat als das Immaterielle. Nur das, was der Dualist Geist nennt, ist wirklich und nur das Wirkliche ist wahrnehmbar; was er Körper nennt, ist Unwirkliches, mithin unwahrnehmbar.

Ist man darüber im Klaren, dass die Körperdinge nichts Wirkliches sind, so sieht man auch, wie weit der Materialist fehlgeht, wenn er aus dem vermeintlichen Zusammenwirken dieser unwirklichen Dinge das wahrnehmende Ich hervorgehen lässt.

Mit der Annahme gewisser subjectiver Vermögen als Grund der Vorstellungen, ist allerdings die Möglichkeit derselben gegeben — aber auch nur diese — nicht die Vorstellungen selbst. Ein blinder Maler hat das Vermögen ein Bild herzustellen, aber er bringt doch keines zu Stande. Es ist nicht die Frage, ob zur Herstellung der Vorstellungen Vermögen nöthig sind, sondern wie diese Vermögen in Gang gebracht und zu ganz bestimmten, diesen und keinen andern Vorstellungen veranlasst werden; mit der selbstverständlichen Annahme von Vermögen ist die Frage nach dem, was dieselben zur That treibt nicht erledigt, wie die Frage nach dem Grund der elektrischen Erscheinungen nicht dadurch erledigt wird, dass man sagt, die Dinge hätten eine elektrische Kraft. Aus dem blossen Vermögen zu philosophiren, folgt noch kein philosophisches System, jedes System ist eine bestimmte Beleuchtung einer Seite dessen, was wir ursprünglich wahrnehmen. Der philosophirende Geist ist das beharrliche Subject, welches seiner ursprünglichen Wahrnehmung fortschreitend immer klarer bewusst zu werden strebt. Die Grundlage der Philosophie ist nicht die leere Möglichkeit, sondern die volle Wirklichkeit.

Die Thatsache der menschlichen Erkenntniss will erklärt, aus ihren Bedingungen hergeleitet sein, wie der Naturforscher eine physikalische Erscheinung erklärt, indem er nach den Kräften sucht, aus deren Zusammenwirken sie hervorgeht. Sowie aber eine Erscheinung nie aus der Kraft eines Dinges allein entsteht, sondern immer das Zusammenwirken mehrerer zu ihrer Entstehung nöthig hat, so kann auch die Erscheinung der menschlichen Erkenntniss nicht aus dem subjectiven Vermögen eines Wesens allein ohne Zusammenwirken mit den Vermögen anderer Wesen hervorgehen.

Wenn man nur das Subject allein mit seinem Vermögen in Betracht zieht, ohne die Objecte als selbständige Faktoren in Rechnung zu bringen, so kann man niemals erklären, warum das vorgestellte Object gerade diese Erscheinung ist, dieser so bestimmte Charakter, diese eigenthümliche Individualität.

Man kommt nothwendig in diese Sackgasse, wenn man die Existenz des Subjects ohne Object voraussetzt, die so unmöglich ist, als das Sehen ohne sichtbare Gegenstände, als das Bewegen ohne Bewegtes — wenn man die Objecte vom Subject hervorbringen lassen will, was so unmöglich ist, als das Produciren der sichtbaren Dinge durch das Denken oder das Produciren der bewegten Dinge durch das Bewegen.

Wer behauptet, dass das, was wir wahrnehmen, nur Vorstellung sei, und dass wir das Wirkliche nicht wahrnehmen, der muss auch die wirkliche Existenz der Menschen resp. selbstbewusster Subjecte läugnen, wenn er consequent sein will. Wie Alles, so sind auch die Menschen nur seine Vorstellungen, er stellt sich nur vor, dass er andere Menschen sehe und mit ihnen spreche; wenn er sein Kind küsst, so küsst er seine Vorstellung und auch sein Küssen ist kein wirkliches, er stellt sich nur vor, dass er küsse. Ebenso wenn er einen andern mordet, so hebt er nur seine Vorstellung auf und auch sein Morden ist nur eine Vorstellung. So ist weder wahre Erkenntniss noch wahre Moral möglich.

Der Subjectivismus entsteht, wenn man einerseits zwar

zu der Einsicht gelangt ist, dass die Erscheinungen subjectiven Ursprungs sind, aber dabei doch noch an dem Dogma festhält, dass sie die Objecte des sinnlichen Wahrnehmens seien; jetzt ist, was wir wahrnehmen, kein wirkliches Object — sondern subjectives Product. Wie wir aber zu der Producirung dieser Objecte kommen und warum unsere Anschauungen und Begriffe gerade solche und keine andern sind, diese Fragen hält der Subjectivismus für unbeantwortbar; er verzichtet auf objective Erkenntniss und sucht nur das Wie und Warum der Erscheinungen in der allgemein giltigen und nothwendigen Verknüpfung derselben zu entdecken. Aber auch die Verknüpfung wird von uns gemacht, ist von uns abhängig; wir denken den Begriff der Causalität zu den Erscheinungen hinzu; sowohl die Erscheinungen als ihre Verknüpfung sind unser Product und nichts objectiv als unsere producirende und verknüpfende Thätigkeit.

In diesem Resultat der kritischen Philosophie hat der Subjectivist Recht. Alle die für objectiv gehaltenen Erscheinungen, sowie deren Verknüpfung sind subjectiv — nur das dieselben producirende und verknüpfende Subject ist objectiv. Das Producirende kann nicht selbst Product, das die Erscheinung Bewirkende nicht selbst die bewirkte Erscheinung sein. — Nun kann keiner von uns läugnen, dass wir es sind, welche die Erscheinungen und ihre Verknüpfung produciren, weil er dieses Läugnen selbst nicht anders als durch Bildung und Verknüpfung von Vorstellungen bewerkstelligen kann — mithin sind wir die objectiven Subjecte — die Subjecte, ausser denen sonst nichts objectiv ist. Wir sprechen von einer Mehrzahl der Subjecte, denn Niemand kann läugnen, dass neben ihm noch andere objective Subjecte existiren, weil er selbst nur Subject ist in so ferne dieselben für ihn Objecte sind, wie aus der obigen Auseinandersetzung zu ersehen ist. Mithin bin ich nicht das alleinige Subject, welches Vorstellungen producirt, sondern es sind deren mehrere, die miteinander in Wechselbeziehung stehen, und wir haben gesehen dass dieselben in Folge dieses gegenseitigen Wahrnehmens und Wahrgenommenwerdens die Vorstellungen erzeugen. Daher sind die Vorstellungen die Folge des gegenseitigen Anregens mehrerer Objectiven, nicht das Product eines einzelnen. Und nur durch eine Mehrheit objectiver Subjecte, die durch das Band der gegenseitig wirkenden Kräfte verbunden sind, ist die Erscheinungs- und Begriffswelt erklärbar.

Wer diese Subjecte von aneinander isolirt, und annimmt, dass jedes für sich getrennt von den andern die Vorstellungen producire, dem bleibt es unerklärlich, wie wir zu ganz bestimmten Vorstellungen kommen — warum wir solche und keine andern produciren und warum wir sie so und nicht anders verknüpfen; ein solcher gleicht einem Menschen, der für möglich hält, dass z. B. ein Samenkorn durch sich selbst ohne Zuthun von Luft, Licht, Wärme, Feuchtigkeit etc. zum Baum emporwachse, der meint die Kraft könne wirken ohne ein Gegenwirkendes zu haben, ohne Einwirkungen von anderen zu erfahren.

Der Subjectivist läugnet dieses objective Wahrnehmen, weil er meint, er nehme nur seine subjectiven Zustände wahr, — er will die Vorstellungen aus sich herausspinnen, weil er nur sich allein für objectiv hält und übersieht, dass er in Gesellschaft mit andern ist, die ebenso objectiv sind als er selbst, die er nicht produciren kann, wie seine Vorstellungen, von denen er nichts wissen könnte, wenn er sie nicht wahrnähme und die ihn durch ihr mannichfaltiges Einwirken zu der Bildung der mannichfaltigen Vorstellungen antreiben. Und es versteht sich von selbst, dass unter dieser Mehrzahl nicht allein diejenigen verstanden sind, die da sagen können: wir sind „Wir", die zeitweilig gegenwärtig selbstbewusst sind, sondern auch die unbewussten, nicht blos die, welche in organischer Verbindung, sondern auch die, welche in unorganischer sich befinden, kurz, dass darunter „Alle" verstanden sind; denn es ist klar, dass die

Wechselwirkung Mehrerer nicht von ihren Zuständen und Verbindungen abhängig, sondern dass dieselbe im Gegentheil die Bedingung dieser ist.

II.

Wir nehmen wahr, aber wir nehmen ursprünglich nicht wahr, dass wir wahrnehmen. Wir nehmen die Objecte wahr ohne zu wissen, dass wir sie wahrnehmen. Das Wahrnehmen der Objecte ist noch kein Wahrnehmen unseres Wahrnehmens derselben. Das ursprüngliche Wahrnehmen ist ein unbewusstes. Wenn der Astronom mittels seiner Instrumente die Sterne beobachtet, sieht er nur diese — nicht sein Beobachten derselben. Dieser Vorgang kann nur von einem andern Beobachter wahrgenommen werden, der beobachtende Astronom ist für diesen das Object der Wahrnehmung, wie es die Sterne für den Astronomen sind. Und damit er von seinem eigenen Beobachten Kenntniss erlange, gibt es keinen andern Weg, als den, dass ihm jener Andere, der seinerseits ihn beobachtet, seine gemachte Beobachtung mittheilt. Diese Mittheilung geschieht dadurch, dass der zweite Beobachter auf den Astronomen Wirkungen ausübt, die denjenigen, welche er von ihm empfangen hat, irgendwie entsprechen, und in deren Folge der Astronom sich eine Vorstellung von jenem Vorgang bildet. Dieser Andere lässt sich mit einem Spiegel vergleichen, in welchem der Astronom sich sieht, wie er die Sterne beobachtet; wie ich z. B. meiner Leibesgestalt gewahr werde, wenn ich vor einem Spiegel stehe und mich in demselben beschaue.

Das bewusste Wahrnehmen ist kein directes Wahrnehmen der sinnlich wahrgenommenen Gegenstände, sondern ein durch Beihilfe Anderer vermitteltes, das unmittelbare Wahrnehmen der Objecte ist stets unbewusst.

Erst wenn wir wissen, dass wir es sind, die wahrnehmen, können wir wissen, dass wir etwas wahrnehmen. Um von uns etwas zu wissen, müssen wir uns wahrnehmen; uns selbst können wir aber nicht unmittelbar wahrnehmen, wie das Auge nicht sich selbst sehen kann, sondern nur durch Zu-Hilfnahme eines Apparates, der uns unsere eigene Wirkungen zurückstrahlt.

Wir sprechen vorläufig hier speciell nur vom menschlichen Bewusstsein.

Der Astronom im Gleichniss ist das wahrnehmende Subject — die Sterne das wahrgenommene Object und der Spiegel, oder jener Andere, welcher dem Astronomen mittheilt, dass er die Sterne wahrnimmt — das Nervensystem resp. diejenigen Dinge, welche die Erscheinung des Nervensystems bewirken. In Folge der Anregung, welche wir von den wahrgenommenen Objecten empfangen, wirken wir auf das Nervensystem; dadurch wird dieses zu Rückwirkungen veranlasst, die den von uns empfangenen Einwirkungen (mehr oder weniger) entsprechen, und indem wir nun diese Rückwirkungen wahrnehmen, erhalten wir ein mehr oder weniger entsprechendes Bild desjenigen Zustandes, in welchem wir uns befunden haben, indem wir auf das Nervensystem einwirkten, also eine Vorstellung von unserm Wahrnehmen gewisser Objecte und zwar auf ähnliche Weise, wie wir ein Bild unserer Leibesgestalt erhalten, wenn wir uns in einem Spiegel betrachten. Aber so wenig dieses Bild im Spiegel unser Leib selbst, so wenig ist jene Vorstellung von unserm Wahrnehmen gewisser Objecte dieses Wahrnehmen der Objecte selbst. Die Leibesgestalt im Spiegel ist nur die Vorstellung, die ich mir bilde in Folge dessen, dass ich auf den Spiegel einwirke und die diesen Einwirkungen entsprechenden Rückwirkungen desselben empfange, keineswegs das, was auf den Spiegel einwirkt, — sie ist auch kein adäquater Abdruck dessen, was auf ihn einwirkt, sondern ein von dem Zusammenwirken vieler Factoren und insbesondere der Organisation des Nervensystems abhängiges Product modificirt und alterirt, oft dunkel und verworren, oft verzerrt und unrichtig. Daher die falschen und widersprechenden Vorstellungen. Und wir bilden uns nur ein, dieses Product sei das Wirkliche selbst, weil wir über den Wechselprocess zwischen uns und unserm Nervensystem im Dunkel sind, wie z. B. der Hund sein Bild im Spiegel für einen leibhaftigen Kameraden hält, weil er nichts von der Wirkung des Spiegels weis.

Erst wenn wir durch mancherlei Erfahrungen darauf kommen, dass das, was wir für ein wirkliches Ding hielten, ein Trugbild war, wird dieser Glaube erschüttert, fangen wir an, die Wirklichkeit dessen, was wir sinnlich wahrzunehmen meinen, zu bezweifeln, fragen wir nach dem Herkommen dieser Vorstellungen, und jetzt erst ist die Möglichkeit gegeben zum Bewusstsein dessen zu gelangen, was denselben vorausgeht und was wir wirklich wahrnehmen.

Indem wir nur auf die genannten Bilder achten, unbewusst der Processe, welche denselben vorausgehen, gleichen wir ohngefähr einem Menschen, der bei finsterer Nacht an verschiedenen Punkten Lichter entstehen sieht, die sich bewegen, Gruppen bilden, in bestimmter Art aufeinander folgen, verlöschen etc. der aber nicht weiss, dass sie von gewissen Personen entzündet, bewegt und ausgelöscht werden und nun glaubt, die Lichter seien es selbst, die sich bewegen, auf einander folgen etc. Auch der Experimentator gleicht einem solchen, indem er glaubt, dass die Lichter es seien, die auf seine Veranlassung verschiedene Bewegungen machen und Gruppen bilden etc. wenn er sein Experiment geeignet anstellt, dass sie es seien, die seinem Winke folgen, und mit ihm in unmittelbarer Beziehung stehen — obwohl er sich nicht erklären kann, wie das möglich sei. Der Denker ist in derselben Lage; auch er befindet sich nach unserm Bilde im Finstern und sieht nur leuchtende Punkte, die seinem Ruf zu folgen oder ihm zu widerstreben scheinen;

wenn er z. B. will, dass sich ein Kreis bilde, so stellen sich die Lichtpunkte alle in gleicher Entfernung von einem und denselben Punkt auf, er sieht wie die Lichter auf sein Geheiss den Kreis bilden, verlangt er aber, dass sie einen viereckigen Kreis bilden, so leisten sie ihm keine Folge — und er weiss weder warum sie ihm im ersten Fall Folge leisten, noch warum im zweiten nicht.

Dieser Traum löset sich, wenn die Finsterniss schwindet und Tageshelle eintritt. Jetzt wird sichtbar, dass die Lichter nicht sich selbst entzündeten und bewegten oder unserm Ruf gehorchten, sondern von Menschen entzündet, getragen und bewegt wurden. Diese waren es, die den Ruf gehört, und die Veränderung mit den Lichtern vorgenommen haben, so weit es ihnen möglich war. Es hatte nur den Anschein gehabt, dass die Lichter von selbst aufflammten und verlöschten oder dass sie unsern Ruf gehört und demselben gefolgt wären, in Wirklichkeit waren es ihre Träger, die den Ruf hörten und demselben Folge leisteten, oder aus anderen Veranlassungen die Lichter entzündeten und bewegten.

So wie der Mensch in unserm Gleichniss mit den Lichtträgern in Beziehung steht, und dadurch die Veränderung der Lichter bewirkt, so bewirkt der Experimentator die Veränderungen mit den Körpern, der Denker die Veränderung mit den Vorstellungen, indem er mit den realen Ursachen derselben, mit den wirklichen Dingen in Beziehung steht und diese zur Aenderung ihrer Beziehungen veranlasst. Alle Experimente mit Erscheinungen oder Vorstellungen, haben dieses innere Getriebe; nicht die Erscheinungen hängen unter einander zusammen, sondern die sie veranlassenden Ursachen; wenn wir über diese nichts vermöchten, so könnten wir keinerlei Versuche machen, denn den Lichtern als solchen zuzurufen, wäre ohne allen Erfolg. Wir denken formal, indem wir glauben, wir befehlen den Lichtern, dass sie sich in bestimmter Richtung aufstellen sollen etc. Wir können wohl die Erscheinungen mit einander verknüpfen, gerade wie wir den Lichtern nur zu befehlen brauchen, dass sie sich so oder anders aufstellen, aber in Wirklichkeit sind es doch die mit uns in Beziehung stehenden Dinge, die wir verknüpfen. Wir glauben mit den Erscheinungen in Beziehung zu stehen **und nicht mit den Ursachen**, das ist derselbe Irrthum als wenn der Denker in unserm Gleichniss glaubte, die Lichter selbst befolgten seinen Ruf und das Wirkliche sei mit uns in keiner unmittelbaren Beziehung. Mit diesem Vorurtheil, dass wir im Denken nicht in Beziehung mit den wirklichen Dingen seien, geht man daran, das Wirkliche durch Combination der Vorstellungen zu suchen und kommt daher so wenig zur Entdeckung desselben, als der Mann in unserm Bilde durch Bewegung der **Lichter zur Entdeckung der Lichtträger.**

Wer die Erscheinungen für das sinnlich Wahrgenommene, die Ursachen derselben oder das Wirkliche dagegen für etwas ausser dem natürlichen Zusammenhang von Wirken und Wahrnehmen Stehendes hält und in dieser Voraussetzung auf die Entdeckung derselben ausgeht, der kann sie unmöglich finden, denn er sucht sie da, wo sie gar nicht zu finden sind.

Es ist ganz verkehrt, die wirklichen Dinge überhaupt suchen zu wollen, wir besitzen sie schon, wir stehen mit ihnen in ununterbrochenem Verkehr und haben uns nur zum Bewusstsein zu bringen, dass wir schon mit ihnen in Zusammenhang sind. Stünden wir mit dem Wirklichen in keiner Beziehung, so könnten wir gar nicht auf den Gedanken kommen nach demselben zu forschen. Ignoti nulla cupido. Das Streben kann nur darauf gerichtet sein, dasjenige was wir unbewusst schon besitzen, durch das Denken mit Bewusstsein zu erfassen.

Göthe sagt irgendwo: was wir können und möchten, stellt sich unserer Einbildungskraft ausser uns und in der

Zukunft dar; wir fühlen eine Sehnsucht nach dem was wir schon im Stillen besitzen.

Der tausendjährige und doch stets unentschiedene Kampf zwischen denen, welche eine sichere Erkenntniss des Wahren und Wirklichen anstreben und denen, die sie bezweifeln, ist die Folge der Voraussetzung, dass das Wirkliche erst gesucht werden müsse. Beide streitende Parteien gehen von der als zuverlässig angenommenen Erkenntniss aus, dass sie das Wirkliche nicht erkennen. Erkennen wir aber das Wirkliche nicht, so ist auch Alles, was wir als wirklich zu erkennen glauben, nicht wirklich, d. h. die als sicher angenommene Erkenntniss, dass wir das Wirkliche nicht erkennen, ist keine wirkliche Erkenntniss. Daher der Widerstreit der philosophischen Systeme, die fast alle mit der Läugnung der objectiven Wahrheit enden oder diese subjectivistisch verflüchtigen.

Weder das realistische noch das metaphysische Denken konnte zur Erkenntniss der wirklichen Dinge gelangen. Die sinnlichen Wahrnehmungen des ersteren sind Vorstellungen, die Ideen und Begriffe der letzteren nicht minder, und es ist auf dem Wege der Schlussfolgerungen kein Uebergang von Vorstellungen und Begriffen zum Wirklichen. Weder aus den Scheindingen der gemeinen Erfahrung, noch aus den Begriffen des Denkens ist jemals Erkenntniss des Wirklichen möglich.

Die philosophischen Systeme liefern selbst den Beweis, dass sie unfähig sind zur Erkenntniss des Wirklichen. Die dogmatische Philosophie endet mit der Verneinung der rationellen Erkenntniss und die kritische stimmt dem Skepticismus darin bei, dass eine Erkenntniss vom Wesen unmöglich sei.*) Die Entscheidung ist richtig, in so fern die Erkennt-

---

*) Und selbst zu dieser Entscheidung gelangt die Philosophie nicht durch sich allein, sondern indem sie die Existenz wirklicher Dinge voraussetzt; sie könnte ja von ihrem Unvermögen das Wahre zu erkennen gar nicht sprechen, wenn sie von dem Wahren nichts wüsste.

niss der wirklichen Dinge durch das Philosophiren (allein) verneint wird, sie ist falsch, wenn die Erkenntniss der wirklichen Dinge überhaupt geläugnet wird.

Das Object der Philosophie ist das Erkennen, d. h. das Wahrnehmen, dass wir wahrnehmen, und dass etwas von uns wahrgenommen wird. Die Philosophie hat sich daher nicht mit dem wahrnehmenden Subject allein sondern zugleich auch mit dem wahrgenommenen Object, mit beiden in ihrem gegenseitigen Verhalten zu beschäftigen. — Eine Wissenschaft vom Subject allein ist unmöglich, weil es kein Subject gibt ohne Object, und ebenso unmöglich ist eine Wissenschaft von Objectiven allein, weil es nichts Objectives gibt ohne Subject. Der Gegenstand der Philosophie ist stets ein doppelter, Subject und Object zugleich, wie der Gegenstand der Optik das Sehen, d. i. sowohl das sehende Auge als die gesehenen Dinge.

Man kann auch nicht sagen, das Object der Philosophie sei das erkennende Subject und dessen Vorstellungen, denn dieses sammt seinen Vorstellungen ist eben auch nicht vorhanden ohne das erkannte Object, es ist nur Subject und hat nur Vorstellungen, insoferne es ein Object wahrnimmt und von demselben zur Bildung der Vorstellungen veranlasst wird, wie das Auge nur sieht und Bilder hat, wenn es sichtbare Gegenstände vor sich hat, die sich auf der Netzhaut abspiegeln.

Die Philosophie ist die Wissenschaft von dem ursprünglich bestehenden Zusammenhang zwischen Subject und Object. Wäre dieser Zusammenhang nicht schon vorhanden, so gäbe es keine Philosophie. Sie macht ihn nicht durch das Denken, sondern findet ihn vor und betrachtet ihn.

Kein Urtheil als solches kann uns lehren was wahr ist, und es gäbe keine Wissenschaft, wenn wir nicht schon ursprünglich das Wahre besässen, wie es keine Moral gäbe, wenn wir nicht schon ursprünglich fühlten was gut ist. Wer das Wahre nicht schon ursprünglich schaute, der könnte sich nie eine Erkenntniss desselben erwerben. Nur weil wir das

Wahre schon besitzen, darum ist Erkenntniss möglich, denn das Erkennen ist ein Bewusstwerden des Wahrnehmens des Wahren und setzt das Wahrnehmen voraus. Das Denken kann das Schauen des Wirklichen nicht erzeugen, sondern nur zum Bewusstsein bringen; die Philosophie ist nicht Grund sondern **Folge** des Schauens, sie ist das Streben zu erkennen, **dass** und **was** wir schauen. Das Wahrnehmen des Wahren ist **ursprünglich**; die Wissenschaft von demselben wird von uns **producirt**. Das ursprüngliche Wahrnehmen ist absolut und unveränderlich, das bewusste abhängig und veränderlich. Das ursprüngliche Wahrnehmen ist unfehlbar, nur innerhalb der Vorstellungen, die wir uns von dem Wahrgenommenen bilden, ist Irrthum möglich.

Wir haben bisher nur das menschliche Wahrnehmen, Vorstellen und Erkennen im Auge gehabt. Aber wir nehmen wahr, stellen vor und erkennen, nicht, in so fern wir bewusst sind, denn bewusst und unbewusst sind nur verschiedene Zustände des Wahrnehmens; nicht wir allein als die zeitweilig gegenwärtig bewussten Subjecte nehmen daher wahr, sondern alle ohne Ausnahme auch die sogenannten unbewussten, weil alle in Wechselwirkung stehen und das Bilden von Vorstellungen wie das Erkennen die nothwendige Folge dieses Wechselwirkens oder dieses Wirkens und Wahrnehmens ist. Mithin haben auch die in niederen organischen sowie in unorganischen Verbindungen stehenden Wesen Vorstellungen und Erkenntniss oder Bewusstsein, ja sogar Selbstbewusstsein, wenn man diese Worte, welche eigentlich nur das uns bekannte menschliche Erkennen und Bewusstsein bezeichnen, nicht bloss für diesen bestimmten Klarheitsgrad des Erkennens und Bewusstseins gebraucht, sondern allgemein für alle möglichen Klarheitsgrade. Und es ist somit das Erkennen und Bewusstsein in niedrigeren Verbindungen ein in demselben Grad dunkleres als die Form desselben eine unvollkommnere ist.

Nicht blos wir Menschen nehmen wahr, dass wir wahrnehmen oder wissen, dass wir sind, sondern jedes Subject ohne Ausnahme, weil jedes nicht bloss die Wirkungen anderer wahrnimmt, sondern auch diesen gemäss auf andere einwirkt und von diesen solche Rückwirkungen empfängt, die seinen Einwirkungen entsprechen. Jedes Subject sieht sich also in einem Spiegel wie wir, nur ist dieser nicht bei allen so vollkommen geschliffen wie bei uns, dass es sich so deutlich sehen kann wie wir und das Selbstbewusstsein der Subjecte in unorganischer Verbindung wird so verschieden sein von dem unsrigen, wie das confuse und matte Licht, welches eine rauhe Wand reflectirt von dem scharfen farbigen Bild einer polirten Fläche. Aus dieser grossen Verschiedenheit in der Form des Bewusstseins ist es erklärbar, dass wir gewohnt sind, den Pflanzen und Steinen Bewusstsein abzusprechen, wie wir sagen, dass ein unter Null erkälteter Körper keine Wärme habe.

Der Mensch wie der Stein stellen immer vor, der Unterschied besteht nicht dem Wesen, sondern nur dem Grade nach. Sowie wir die Temperaturgrade über Null als Wärme bezeichnen, so gebrauchen wir auch das Wort „Denken" um einen gewissen Grad des Vorstellens anzudeuten, wobei aber festzuhalten ist, dass auch bei dem niedrigeren Grade des Vorstellens immer noch ein Denken verstanden werden muss gerade so wie die Grade der Temperatur unter Null auch noch Wärme anzeigen.

Es werden daher nicht bloss im menschlichen Gehirn Vorstellungen erzeugt und Erkenntnisse gewonnen, sondern ebensowohl auch in jeder andern Verbindung. Das Denken und Erkennen ist kein ausnahmsweise dem Menschen verliehenes Privilegium, sondern die wesentliche Natur Aller. Aber das menschliche Denken und Erkennen unterscheidet sich von dem Denken in anorganischer Verbindung wie Tag und Nacht; und wie man in finsterer Nacht nicht von Licht und Schatten sprechen kann, so auch im sogenannten unbewussten Zustand nicht von Wahrheit und Irrthum des Erkennens in unserm gewohnten Sinn.

III.

Das bisher Gesagte lässt sich in folgende Sätze zusammenfassen: Das Seiende kann nicht durch das Denken, sondern nur durch das Wahrnehmen erfasst werden. Das Wahrnehmen ist die Bedingung des Denkens, durch das Denken kommt man niemals zum Wahrnehmen; es ist ohne dieses gar nicht möglich. — Wir müssen das Wahre zuallererst wahrnehmen, sein Wirken erfahren um es dann mittels des Denkens erkennen zu können. — Im sinnlichen Wahrnehmen nehmen wir die Wirkungen derjenigen Dinge wahr, die unsere Sinne und unser Nervensystem afficiren — im Denken nehmen wir die Wirkungen derjenigen Dinge wahr, welche unser Nervensystem bilden. — In beiden Fällen nehmen wir das Wirken von Wesen wahr, aber im ersten Fall das Wirken von solchen, die ohne unser Zuthun auf uns wirken, im zweiten von solchen, die auf unsere Veranlassung auf uns wirken. Wir nehmen in diesem letzten Fall nicht die früher sinnlich wahrgenommenen Wesen wahr, sondern dir Rückwirkungen der Wesen, welche die Erscheinung des Nervensystems bilden und in Folge dieser Wahrnehmungen bilden wir die Vorstellungen von dem sinnlich wahrgenommenen Objectiven und von unserm subjectiven Wahrnehmen selbst.

Die Art oder Form dieser Vorstellungen ist aber abhängig von der Form der Rückwirkungen der Nerven und diese ihrerseits von der Form des Zusammenhangs, in welchem die Wesen, welche die Erscheinung des Nervensystems bilden, unter einander und mit uns stehen. Daher geben sie bei minder vollkommener Form des Zusammenhangs minder vollkommene Producte, d. i. Vorstellungen. Da die Form des Nervensystems bei Jedem eine andere ist, so hat auch Jeder eine andere Vorstellung und da diese

Form sich auch in der Zeit ändert, so ändert sich auch die Form unserer Vorstellungen. Aber, was wir wahrnehmen, bleibt sich immer gleich. Daher kann von jenen verschiedenen Vorstellungen nur Eine die richtige, dem Objectiven entsprechende sein. Die Verschiedenheit der Vorstellungen bringt uns zum Bewusstsein von wahr und falsch. Die wahren oder richtigen Vorstellungen zu bilden ist die Aufgabe der Wissenschaft, und es ist die Aufgabe der Philosophie eine Vorstellung vom Wirklichen herzustellen, die nicht weiter geändert werden kann, die von Allen als die richtige anerkannt werden muss, die dem von Allen wahrgenommenen objectiv Wirklichen entspricht; es ist ihre Aufgabe ein möglichst getreues Bild zu entwerfen von dem wie aus dunkler Erinnerung emportauchenden ursprünglich Wahrgenommenen, von dem gleichsam wie aus dem verlornen Paradies herüberklingenden unbewusst in uns Wohnenden und uns Erregenden — und wir wollen versuchen eine solche herzustellen.

Ein wahrhaftes Wesen lässt sich nur vorstellen als dasjenige, welches keines andern zu seiner Existenz bedarf — als ein schlechthin selbständiges. Existirt ein Wesen nur in so fern, als ein anderes Wesen ausser ihm ist, so ist es kein (wahrhaftes) Wesen. Ein endliches oder beschränktes Ding stellt man sich als existirend vor, indem es Andere von sich ausschliesst, indem es in einem ausschliessenden Gegensatz zu Andern steht; um diess zu können, müssen andere existiren, es existirt also nur insofern andere sind, ist an die Existenz dieser gebunden; ein endliches Wesen ist daher kein selbständiges Wesen, und mithin kein Wesen überhaupt. Ein selbständiges Wesen darf nichts von sich ausschliessen, sonst ist es endlich und beschränkt, es muss unendlich, es muss schrankenlos sein. Das selbständige Wesen oder das Wesen überhaupt ist also nur vorstellbar als unendliches.

Wenn die Wesen nur vorstellbar sind als unendliche, wie lassen sich aber dann viele denken? Denn viele unendliche Wesen, behauptet man, kann es nicht geben, weil die Vielheit nur möglich ist, in so ferne sich die Wesen ausschliessen. Diese Behauptung aber ist falsch: schrankenlose Wesen sind nothwendig solche, die nichts von sich aus — sondern alles in sich einschliessen. Was keine Schranken hat, kann zu den andern kommen, kann in ihnen sein, daher sind viele schrankenlose Wesen denkbar. Weil das unendliche Wesen die andern in sich einschliessen kann, darum sind viele möglich; dagegen ist eine Vielheit endlicher Wesen unmöglich, weil sie sich ausschliessen müssten, und dasjenige kein Wesen ist, was die anderen ausschliesst.

Stellt man sich aber das schrankenlose Wesen vor als ein solches, welches nur ist, in so fern keine andern sind, so hat es keine Existenz mit den Andern, wie das Beschränkte keine Existenz hat ohne die Andern, und ist mithin nicht unbedingt schrankenlos.

Man hält die vielen Wesen für endlich, weil man voraussetzt, dass sie nur bestehen können, indem sie äusserlich und mechanisch neben einander liegen. Man denkt nicht daran, dass es Wesen geben könne, die in einander sind, die einander durchdringen, obwohl es doch gewiss ist, dass die Kraft Alles durchdringt, dass Raum und Zeit nichts von sich ausschliessen.

Die schrankenlosen Wesen liegen nicht mechanisch ausseroder nebeneinander, sondern durchwirken sich innerlich und bleiben daher trotz ihrer Vielheit unendlich. Sie schliessen sich ein, weil sie unendlich sind, ihre Unendlichkeit ist der Grund des Einschliessens; ihre Unendlichkeit ist nicht abhängig von ihrem gegenseitigen Einschliessen, sondern dieses Einschliessen ist die Folge der Unendlichkeit, sie haben ihre eigene selbständige Existenz und sind nicht von einander abhängig. Nur so lange man sich die Vielen nicht anders als sich gegenseitig ausschliessende denkt, wird man zu der widersprechenden Vorstellung endlicher Wesen getrieben und hält eine Vielheit unendlicher für unmöglich. Sobald sich aber dieselben einschliessen, ist eine Vielheit schrankenloser sehr wohl denkbar. Ja es ist nur eine Vielheit schrankenloser Wesen denkbar im Gegensatz zu der Vielheit endlicher, die nicht denkbar ist.

Behauptet man, dass es nur ein unendliches Wesen gibt, so sind wir alle endlich und da endliche Wesen nicht möglich, so sind wir selbst unmöglich — aber dass ein unmögliches Wesen zu dieser Einsicht komme, ist ebenso unmöglich.

Wirkliche oder selbständige Wesen lassen sich nur vorstellen als unendliche. Unendliche Wesen schliessen sich gegenseitig ein. Wesen, die sich gegenseitig einschliessen, sind in Zusammenhang und was in Zusammenhang ist, kann auf Andere wirken und Wirkungen von ihnen empfangen.

Die endlichen Dinge können nicht über iher Schranken hinüber zu einander kommen und in Gemeinschaft treten. Man entfernt die Grenzen nicht dadurch, dass man sie immer näher zusammenrückt, auch das Kleinste hat Grenzen und der mathematische Punkt ist das, was die engsten Grenzen hat, ohne diese ist er überhaupt nichts. Lässt man sie, um einen Zusammenhang dieser discreten Dinge denkbar zu machen, in Entfernungen wirken, so ist es nicht denkbarer, dass ein Ding da wirke, wo es nicht ist. Sucht man sich damit zu helfen, dass man die Entfernungen unendlich klein annimmt, so sind die unendlich kleinen Entfernungen doch noch Entfernungen und ist das Wirken in diesen kleinen ebenso undenkbar als in grossen, oder sie sind keine Entfernungen mehr, und dann ist die Annahme von Fernwirkungen überflüssig; dagegen aber schrumpft das Universum in einen raumlosen Punkt zusammen und man hat den Zusammenhang nicht erklärt, sondern vernichtet. Auf diesem Weg richtet das künstlichste Denken nichts aus, kommt es nicht zur Vorstellung des Wirklichen. Es ist ein Widerspruch, dass Begrenztes in Zusammenhang sei, denn wirkt es über seine Grenzen hinaus, so sind sie keine Grenzen und sind die Grenzen wirkliche, so ist damit schon gesetzt, dass es nicht darüber hinauswirkt.

Zwischen begrenzten Dingen ist Zusammenhang unmöglich. Was in Zusammenhang steht, muss schrankenlos sein; und nur Schrankenloses kann in Zusammenhang sein.

In Zusammenhang befindliche schrankenlose Wesen können niemals von einander getrennt werden, denn wohin wollte man sie bringen, da sie Alles umfassen; sie können auch niemals getrennt gewesen und erst später zusammengekommen sein, denn sie hätten vorher ausserhalb des Alls sein müssen. Ihr Zusammenhang ist daher ein ursprünglicher und unauflösbarer, d. h. ein nothwendiger.

Ein schrankenloses Wesen kann nicht blos einige in sich schliessen, andere dagegen nicht; es wäre nicht schrankenlos, wenn es nicht alle in sich schlösse. Und da jedes Wesen schrankenlos ist, **so muss ein jedes alle andern in sich fassen und durchdringen**, mit allen in innerlichem Zusammenhang sein. So ist jedes einzelne Wesen ein alle Andern zusammenfassendes Ganzes, eine nothwendige Verwachsung Aller, eine Welt für sich. Als dieses für sich seiende unendliche Ganze steht es mit den Andern, die ebenfalls solche Ganze sind, in Zusammenhang oder in Beziehung. Da die einzelnen Wesen nicht discrete Dinge, sondern Alles umfassende Ganze sind, so können sie von ihrer Unendlichkeit und Concretion, von ihrer Absolutheit nichts verlieren, indem sie sich aufeinander beziehen, weil die Beziehungen in ihrem eigenen Innern, gleichsam im eigenen Hause vor sich gehen, wobei das Haus keine Aenderung erleidet und weil nichts vorhanden ist, was von aussen auf sie einwirken und sie beschränken könnte, wie diess bei endlichen Dingen der Fall ist, deren Existenz von den Dingen ausser ihnen bedingt sein soll. So ist jedes

Wesen Eins und Alles zugleich — als Eins mit Allen — als Alles mit Nichts in Beziehung — in Beziehung stehend und selbständig zugleich.

So ist jedes Wesen als universales Ganze ein „für-sich-seiendes", — als in Beziehung mit den Andern Stehendes ein „für-Andere-seiendes", so ist es sowohl für sich als für Andere — nicht für sich ohne für Andere zu sein — nicht für Andere ohne für sich zu sein. Kein Leben ohne Liebe, wie keine Liebe ohne Leben. Indem es selbständig für sich ist, lebt es, indem es selbstthätig den Andern sich hingibt, liebt es, ohne damit seine Selbständigkeit aufzugeben.

So enthält jedes Wesen, indem es fortlaufend auf Andere wirkt und von diesen Wirkungen empfängt, die Veränderung in sich und bleibt doch selbst unverändert. Indem es die Veränderung in sich begreift, ist es selbst nicht in der Veränderung begriffen, — der Strom der Begebenheiten ist in ihm, nicht aber es in demselben — es befindet sich nicht im Weltprocess, sondern dieser befindet sich in ihm. So ist jedes Wesen Alles bewegend und bedingend, selbst unbewegt, unbedingt, ursprünglich sich selbst genug, schlechthin vollkommen, mit einem Wort: ein ideales Wesen.

Das Ideal der Vollkommenheit ist daher nicht sein Ziel, nicht das von ihm Angestrebte, sondern der Ausgangspunkt seines Strebens, es ringt nicht nach dem Ideal des Wahren und Guten als nach einem Jenseitigen, Unerreichbaren, sondern nach Entfaltung desselben, als seines positiven Inhalts, es will dasselbe im Leben, in seinem Verhalten zu den andern Wesen realisiren, als Natur manifestiren.

Das Reale kann nicht Ideal werden, es ist gar nicht ohne dieses, aber das Ideale kann Realität gewinnen, kann seine Idealität in immer höheren Formen entfalten. Und wir realisiren dasselbe, indem wir unser Verhalten zu den Andern nach ihm regeln, indem wir die Natur nach ihm gestalten — nicht aber indem wir uns von ihr zurückziehen und abzusperren suchen.

Das Ideale kann sich realisiren, das Reale hat kein Leben ohne das Ideal, es fehlt ihm der Beweggrund mit andern in Beziehungen zu treten und diese zu vervollkommnen, es fehlt ihm das Ziel, welches darin besteht, das Ideal zu verwirklichen und daher das Streben darnach. Nur die allerfüllten, unendlichen, idealen Wesen können mit einander in lebendige, zielanstrebende Wechselbeziehung treten und den ewig wechselnden Fluss ihrer subjectiven Zustände, die jedem eigene und eigenthümliche Erscheinungs- und Begriffs-Welt erzeugen. Inhaltsleere Dinge können nichts entfalten, weil sie nichts besitzen und endliche sind in ihre Schranken festgebannt.

Und da das Ideal das in Allen stets und überall Gleiche ist, so bildet es zugleich den Grund der Harmonie und Einmüthigkeit des Ganzen. Jedes einzelne Wesen strebt auf den verschiedensten Wegen nach dem Einen Ziele, zu welchem Alle hinstreben — zur Entfaltung des in allen gleichen, einen idealen Kerns — und zwar aus freiem Antrieb — nicht auf Commando eines Befehlshabers.

Dieses Ziel ist nur Eines — aber der Formen, in welchen es realisirt werden soll, sind so viele, als es Wesen gibt, denn jedes Wesen geht selbständig seinen eigenen Weg und bildet seine eigene Zusammenhangsform mit den andern. Die absolut vollkommene Form könnte nur diejenige sein, in welcher die sämmtlichen Wesen ihr Ideal vollkommen realisirt hätten und da aber jedes seine eigene von allen andern verschiedene Form hat, so können sie nicht gleich vollkommen entwickelt sein, noch es jemals werden; daher ist absolut vollkommene Realität niemals erreichbar und das Streben nach diesem Ziel ein unendliches, daher die Veränderung der Zusammenhangsformen eine ins Unendliche fortlaufende.

Indem die alten Griechen den Begriff des Atoms erfanden, konnten sie nichts anderes als ein vollkommen selbständiges und ideales Wesen im Sinn gehabt haben. Allein indem sie sich ein Bild von demselben entwerfen wollten, zerann es ihnen unter den Händen, weil sie es in der Erscheinungswelt und als Theil derselben suchten — anstatt die Welt in ihm zu entdecken.

Das Einfache lässt sich nicht zertheilen, weil es keine Theile hat, aber auch das Nichts ist ohne Theile, wodurch unterschiede sich ein solches Atom vom Nichts? Demjenigen der nichts besitzt, kann allerdings nichts genommen werden, damit ist aber gar nichts gesagt. Das wahre Atom muss unzertheilbar sein trotz seines Inhaltes. Das Universum hat den reichsten und mannichfaltigsten Inhalt, es ist das Allerzusammengesetzteste und nur dieses ist das untheilbare Etwas, das wahre Atom.

Kein Eins ohne Viele, keine Vielen ohne Eins. Sie sind nicht vorstellbar ohne einander, sie sind aber auch nicht denkbar ausser einander, etwa als ein mechanisches Gemenge; denn als solches wären sie in keiner gegenseitigen Beziehung und daher so gut als nicht vorhanden. Sind sie in einander; so ist diess nicht anders denkbar, als dass jedes Eins die übrigen Vielen so in sich hat, dass jedes die Einheit der Vielen ist, denn hätte etwa nur Ein Eins die anderen in sich und diese Andern nicht auch jenes Eins und sich untereinander, so wäre das Ineinander kein wahres; eine solche Verbindung wäre nur ein mechanisches Conglomerat; eine wahre Verbindung kann nur stattfinden, wenn jedes Glied gleiche verbindende Kraft hat. Liebe ist nur möglich, wenn sich zwei gegenseitig lieben, ist Eines von ihnen der Liebe nicht fähig, so kann es auch nicht wahrhaft geliebt werden.

Der Dualismus von Einem vollkommnen Gott und vielen unvollkommnen Menschen oder Dingen ist eine irrige Vorstellung. Wenn das Wesen des Eins in der Einheit der Vielen (Aller) besteht, so müssen alle Einse im Wesen einander gleich sein, und die Verschiedenheit derselben kann nur in der Form dieser Einheit oder des Zusammenhangs bestehen; es gibt mehr oder minder vollkommne Verbindungen der Einse, nicht aber vollkommnere und unvollkommnere Einse.

Zusatz I.

Jedes Wesen ist in seinem Für-sich-sein gleich dem All, gleich der Summe aller Einzelnen, mit denen es ursprünglich und nothwendig zusammenhängt. Als solches ist es ein untheilbares, unzerstörbares, unveränderliches Ganze — ewig sich selbst d. i. der Summe aller Wesen gleich. Identisch sind nur die unveränderlichen Wesen — nicht die Erscheinungen, die zu jeder Zeit andere sind. In seinem Für-Anderesein ist es der Grund aller Empfindung und Bewegung, aller Erscheinungen, d. i. causal. Die wirklichen Wesen sind causal — nicht aber die Erscheinungsdinge. Causalität ist ein Begriff, den wir in Folge unseres ursprünglichen Wahrnehmens bilden, aber daraus folgt nicht, dass die Erscheinungen causal seien, wir schreiben ihnen Causalität zu auf das Zeugniss der gemeinen Erfahrung, die uns vorspiegelt, ihre Dinge seien wirksame, während sie doch nur leerer Schein sind. Das Vorurtheil, dass die Erscheinungsdinge doch eine gewisse (bedingte) Existenz hätten, verblendet uns; sowie die Existenz, so ist auch die Causalität derselben nur scheinbar, sie sind nichts als subjective Vorstellungen und wir dichten ihnen Existenz und Causalität nur an. Es ist ein vollkommner Widerspruch den Erscheinungen Causalität beizulegen, weil sie bewirkt sind und Bewirktes unmöglich wirken kann; ein bewirktes Wirkendes, ein bedingtes Unbedingtes, ein abhängiges Selbständiges oder ein relativ Seiendes ist eben so undenkbar als ein rundes Viereck. Unsere Erkenntniss wird auch nicht im mindesten dadurch gefördert, dass wir sagen, eine Erscheinung sei die Ursache einer andern; es ist ein reiner Glaubensartikel, wenn gelehrt wird, die Sonne z. B. sei die Ursache des Lichts; denn wenn sie es wäre, so wäre vollkommen unbegreiflich, warum und wie sie diese Ursache sein kann.

Um zu diesem Warum und Wie zu gelangen geht man nun von der nächsten sogenannten Ursache zurück auf eine andere ihr vorhergehende, da diese wieder eine Ursache fordert, zu einer dritten und so, da diese Reihe unendlich ist; gelangt man nie zu der wahren Ursache, ausser man unterbricht sie, und setzt ihr einen Gott voraus, womit aber wieder nichts erklärt ist. Kurz man kommt nicht zu der wahren Ursache, weil man von einer widersprechenden Voraussetzung ausgeht.

Die Begriffe der Existenz und Causalität bilden wir, wie Kant richtig entdeckt hat, schon vor der Erfahrung des Dogmatikers, ganz unabhängig von ihr, sie stammen nicht aus dieser Scheinerfahrung; aber sie stammen aus der Erfahrung, die durch den Wechselverkehr mit den wirklichen Wesen gewonnen wird. Indem wir das Wirken der wirklichen Wesen erfahren, bilden wir (nothgedrungen) diese Grundbegriffe; weil wir die Wesen in ihrem nothwendigen Zusammenhang ursprünglich, vor der vermeintlichen, von uns geschaffenen Erfahrung, wahrnehmen, darum bilden wir diese Vorstellungen; es beziehen sich dieselben also auf die wirklichen Wesen, nicht auf die Erscheinungen, und es ist ein ganz willkührliches Verfahren, wenn wir sie auf diese übertragen.

Der Behauptung des Sensualisten, dass alle Erkenntniss aus der Erfahrung stamme, liegt eine Ahnung der Wahrheit zu Grunde. Die Erkenntniss stammt wirklich aus der Erfahrung — aber nicht aus der landläufigen, nicht aus der des Sensualisten, welcher glaubt die Körperdinge seien das, was er wahrnimmt; und weil der Sensualist nur vom Veränderlichen eine Erfahrung hat, und seine Erkenntniss aus dieser stammt, so muss er auch in Abrede stellen, dass es ursprüngliche und ewige Wahrheiten und nothwendige giltige Urtheile gebe. Gäbe es nur eine solche Erfahrung, so gäbe es keine Erkenntniss, denn sie ist keine Erfahrung vom wirklich Realen sondern nur von unsern subjectiven Empfindungen. Erkenntniss ist selbst Erfahrung. Aber soll sie eine wahre sein, so müssen die Erfahrungsobjecte auch wahre, wirkliche, selbständige, unabhängige sein, nicht Erscheinungen, die wir machen, und eine Erkenntniss, die die wirklichen Dinge nicht erkennt, ist keine wirkliche.

Zusatz II.

Sollen wir Raum und Zeit schauen, so dürfen sie nicht ausser uns sein. Der unendliche Raum wie die unendliche Zeit sind in uns wie die wirkenden Wesen selbst. Wir sind nicht in Raum und Zeit sondern Raum und Zeit in uns; Raum und Zeit bilden die räumlich und zeitlich unendliche Wirkungs- und Wahrnehmungssphäre der Wesen, sie sind die Formen ihres Wirkens und Wahrnehmens. Wie Wirken und Wahrnehmen nicht möglich ohne Raum und Zeit, so auch Raum und Zeit nicht ohne Wirken und Wahrnehmen. Wie Wirken und Wahrnehmen die Thätigkeiten der im Zusammenhang stehenden Dinge, so sind Raum und Zeit die Formen dieser Thätigkeiten.

Der Raum erscheint zuvörderst als das Oben und Unten, Rechts und Links, Vor- und Rückwärts; allein diese empirischen Bestimmungen sind ganz relativ und setzen nothwendig stets einen Punct voraus, auf welchen sie sich beziehen, ohne welchen sie nicht vorgestellt werden können. Aber es ist auch kein Punct denkbar ohne ein Oben und Unten etc., ein Punct, der kein Oben und Unten hätte, müsste ausserhalb alles Raumes sein; jeder Punct verlangt einen Ort, wo er sich befindet; ohne einen solchen wäre er nirgends, mithin nicht vorhanden. Das Oben und Unten etc. und der Punct fordern sich gegenseitig, mit dem Oben und Unten etc. ist zugleich der Punct — mit dem Punct zugleich das Unten und Oben gesetzt und was wir Raum nennen ist in Wahrheit stets Beides zugleich. Somit hat jedes Subject als wirkendes und wahrnehmendes Wesen nicht allein ein Oben und Unten etc. sondern zugleich auch einen Punct, durch welchen diese Richtungen bestimmt sind und nicht bloss einen Punct, sondern stets auch ein Oben und Unten etc. durch welche dieser bestimmt ist, und ein Wesen als blosser Punct, der zu keinem Oben und Unten etc. in Beziehung steht (sei dieser nun ein raumloser Punct im Raum oder ausser demselben) sowie ein Wesen als punctloser Raum (als ein das All Erfüllendes ohne einen bestimmten Mittelpunct) sind sich selbst widersprechende Vorstellungen.

Und insofern mehrere Wesen sind, so hat jedes sein eigenes Oben und Unten etc. sowie seinen eigenen Mittelpunct, von welchen jene Richtungen ausgehen und ins Unendliche sich ausbreiten.

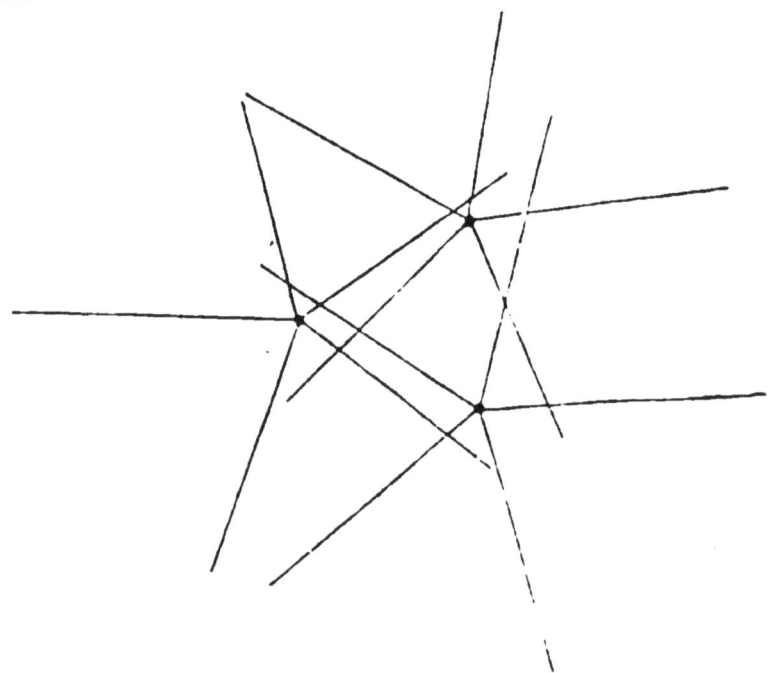

Durch diese Mittelpuncte und Radien ist jedes von allen andern verschieden — ein absolut discernirtes und unterscheidbares Einzelding.

Wie das Oben und Unten, das Links und Rechts, das Rück- und Vorwärts und der Punct die gemeinsamen Bestimmungen des Raums, so sind Vergangenheit, Zukunft und Gegenwart die gemeinsamen Bestimmungen der Zeit. Wie es nur in Bezug auf einen Punct ein Oben und Unten, und einen Punct nur in Bezug auf Oben und Unten gibt, so ist auch Vergangenheit und Zukunft nur denkbar in Bezug auf einen gegenwärtigen Zeitpunct und die Gegenwart nur möglich insofern Vergangenheit und Zukunft ist. Es ist also nur das als wirklich seiend vorstellbar, was Vergangenheit, Gegenwart und Zukunft umfasst oder in sich schliesst, und ein bloss gegenwärtiges Wesen wie auch ein bloss vergangenes oder ein bloss zukünftiges sind sich selbst widersprechende Vorstellungen. Die Erscheinung dagegen umfasst keine Zeit; was wir Erscheinung nennen, ist in jedem Moment ein anderes, der heutige Sonnenschein ist ein anderer als der gestrige, der morgige ein anderer als der heutige. Diese Aufeinanderfolge nennen wir Veränderung, weil fortwährend eine Erscheinung an die Stelle der andern tritt, dagegen das, was Vergangenheit, Gegenwart und Zukunft hat, was die Zeit in sich fasst, ist beharrlich. Die Veränderung, oder die Aufeinanderfolge wäre nicht möglich, wenn es keine Zeit gäbe, daher ist, was die Zeit in sich hat, die Bedingung dessen, was in der Zeit vorgeht, daher ist das Beharrliche das, in welchem die Veränderung stattfindet; daher sind die Erscheinungen die aufeinanderfolgenden Zustände des beharrlichen Wesens.

So wie der Raum die Bedingung ist, unter welcher Verschiedenheit zu gleicher Zeit möglich, so die Zeit die Bedingung, unter welcher Verschiedenheit in gleichem Raum möglich ist, und Verschiedenheit in gleichem Raum, ist — Veränderung — wie Verschiedenheit in gleicher Zeit — Mehrheit. Die räumliche Verschiedenheit ist eine Verschiedenheit der Subjecte unter einander — die zeitliche eine Verschiedenheit innerhalb des Subjects selbst, jene besteht in dem Ineinander der Subjecte, diese in dem Nacheinander der Zustände des Subjects selbst.

Da jedes Subject einen andern Standpunct und andere Radien seines Wirkens und Wahrnehmens hat, so hat jedes einen andern Raum — da jedes eine andere Vergangenheit, Gegenwart und Zukunft, eine andere Reihe von Zuständen hat, so hat jedes eine andere Zeit. Wie jedes ein anderes Unten und Oben etc. so hat jedes eine andere Vergangenheit, Gegenwart und Zukunft. Wie Raum und Zeit die Formen meines Wirkens und Wahrnehmens sind, so wirke und nehme ich wahr im ganzen Raum und der ganzen Zeit, in der Tiefe, in der Breite und Höhe, in der Vergangenheit, Gegenwart und Zukunft, so bewirke und nehme ich alles wahr, was in der Tiefe, Höhe und Breite, sowie was in der Vergangenheit, Gegenwart und Zukunft geschieht.

Aber dieses ursprüngliche Schauen und Wirken dessen, was räumlich Oben, Unten, Rechts und Links, Vor- und Rückwärts, sowie dessen, was früher, gegenwärtig und später geschieht, ist stets unbewusst resp. unklar bewusst oder verworren. Erst durch die besondere Form des Zusammenhangs, welche wir unter der Vorstellung des Nervensystems befassen, gelangen wir zu der klaren Erkenntniss, dass wir dieses In- und Nacheinander schauen, wobei wieder die Klarheit dieser Erkenntniss von der Art jenes besonderen Zusammenhangs abhängt. Das klare menschliche Bewusstsein, dass wir schauen, ist von dieser besonderen Wechselwirkung abhängig — nicht aber das Schauen des räumlichen Neben- und des zeitlichen Nacheinander selbst. Das Bewusstsein und Selbstbewusstsein ist ein fortwährend sich ändernder Zustand wie alle Zustände überhaupt, während das Wesen stets beharrt; das Wesen nimmt immer wahr, (wie es immer wirkt), aber in Folge der verschiedenen Verbindungen, die es eingeht, nimmt es mit verschiedener Klarheit wahr, und man kann daher auch sagen, das veränderliche empirische Bewusstsein ist eine gewisse Phase des ursprünglichen, welches in allen diesen Veränderungen beharrt.

Das zeitliche Schauen ist einerseits rückwärts in die

Vergangenheit und andererseits vorwärts in die Zukunft gerichtet. Vermittels unseres Nervenapparates kommen wir zu dem klaren Bewusstsein, dass wir Vergangenes schauen, indem wir uns an vergangene mit klarem Bewusstsein erfahrene Einwirkungen erinnern; unsere mit dunklem Bewusstsein gemachten Erfahrungen dagegen können nicht mit klarem Bewusstsein geschaut werden, eben weil wir sie gemacht haben, ohne davon etwas deutlich zu wissen. Daher erinnern wir uns nur an die seit unserer Geburt d. h. an die mit klarem Bewusstsein durchgemachten Erlebnisse und nicht an diejenigen, die wir sowohl seit unserer Geburt als auch vor derselben, etwa in anorganischer Verbindung, unbewusst durchgemacht haben. Mit dem Tode hört das menschliche Bewusstsein, dass wir Vergangenes schauen und mithin das bewusste Schauen vergangener bewusster Erlebnisse auf — nicht aber das Schauen derselben überhaupt; das dunkel bewusste bleibt, weil nur das menschlich bewusste Schauen durch das Vorhandensein des Nervensystem bedingt ist, nicht aber das Schauen an sich selbst. Das Rückwärtsschauen hat jedes Wesen zu jeder Zeit, es entschwindet demselben keine einmal gemachte Erfahrung und der Mensch kann daher mit Bewusstsein auf diejenigen Erlebnisse jeder Zeit zurückschauen, deren er in der Vergangenheit bewusst war, insofern ihm die Mittel geboten sind, die zur Entstehung eines hinreichend klaren Bewusstseins erforderlich sind.

Das zeitliche Schauen geht auch vorwärts in die Zukunft. Wie wir in die Vergangenheit zurück bis in die unvollkommensten Formen des Zusammenhangs schauen, so schauen wir auch vorwärts in die unendliche Zukunft bis zu den vollkommensten und richten unsere Thätigkeit auf dieses unendliche Ziel, sowohl bewusst als unbewusst. Auch dieses Vorwärtschauen hört nicht auf mit dem Tode sondern nur das klare Bewusstsein desselben; alle Verbindungen und Trennungen werden mit dieser Voraussicht bewerkstelligt. Das Auge des Kindes im finstern Mutterleibe wird schon darauf angelegt, dass es später die Wirkungen des Lichts aufnehmen kann u. s. f. In diesem Vorausschauen bilden wir unbewusst unsern Organismus und veranlassen unsere Geburt. In diesem Vorausschauen bewirken wir unbewusst die Auflösung desselben, den Tod, um zu weitern höheren Formen der Verbindung fortschreiten zu können. Auch im unbewussten Zustande nach dem Tode bleibt dieses Vorwärtsschauen nach dem höchsten Ziele der Zukunft und wir streben rastlos wie vor unserer Geburt so auch nach dem Tode fortwährend nach höheren Verbindungen, um uns der höchsten Form des Zusammenhanges immer mehr zu nähern.

IV.

Wir sind bedingt, wir haben keine absolute Freiheit, keine absolute Erkenntniss — das ist die absolute Erkenntniss derer, die sie läugnen.

Das Seiende ist voraussetzunglos — das Bedingte hat eine Voraussetzung, durch die es bedingt ist. Voraussetzungslos und Nichtvoraussetzungslos sind contradictorische Gegensätze. Ist nun in dem Begriff des Seins das Merkmal des Voraussetzungslosen enthalten, so ist das, was eine Voraussetzung hat, das Bedingte nicht seiend und daher „bedingtes Sein" eine contradictio in adjecto.

Ebenso kann man die Merkmale beharrlich und veränderlich, unendlich und endlich, schrankenlos und beschränkt etc. nicht in einen Begriff vereinigen. Wenn mit dem Begriff des Seienden die Merkmale des Beharrlichen, Unendlichen, Schrankenlosen gesetzt sind, so lässt sich kein Seiendes widerspruchslos denken, welches veränderlich, endlich, beschränkt wäre.

Wenn von einem Begriff ferner gezeigt werden kann, dass er weder A noch Nicht-A ist, so ist auch dadurch seine

Unmöglichkeit bewiesen. Sein und Nichtsein sind contradictorische Gegensätze; bedingtes Sein ist weder Sein noch Nichtein, mithin undenkbar.

Dasselbe gilt natürlich auch von den Prädicaten beharrlich und veränderlich, unendlich und endlich etc.

Mit der Undenkbarkeit eines bedingten Seins veschwindet zugleich der Begriff eines unbedingten oder absoluten Seins als Voraussetzung oder Bedingung desselben. Nur das Abhängige braucht ein Festes, woran es hängt, das Unabhängige ist selbst ein Festes. Der Glauben an eine übernatürliche Hilfe ist Folge des Vorurtheils, dass wir bedingt seien, und daher selbst ein Vorurtheil.

Man brauchte etwas um das ohnmächtige Bedingte zu stützen und erfand das Unbedingte.

Auch ist dieser Begriff ein widersprechender. Ist nämlich das Bedingte ein schlechthin Ohnmächtiges, Abhängiges etc. so hat das Unbedingte gar nichts zu thun, um es zu stützen, und ist ganz überflüssig. Der Stein braucht eine hinreichend feste Unterlage, wenn er nicht fallen soll, aber er fällt nur weil er eine Kraft hat; das Ohnmächtige, das schlechthin Abhängige hat keine Kraft, braucht also keine Stütze, die es vor dem Falle schützt. Ist das Bedingte ohnmächtig, so ist die Allmacht des Unbedingten blosser Schein, weil um Ohnmächtiges zu stützen, zu bedingen keine Kraft, am wenigsten eine Allmacht erforderlich ist. Ist aber das Bedingte nicht schlechthin ohnmächtig, hat es eine gewisse selbständige Kraft und wenn auch nur einen Funken davon, so ist das Unbedingte nicht mehr wahrhaft unbedingt, weil es das Bedingte nicht mehr ganz in seiner Gewalt hat. Hat das absolute Eine unbedingte Macht, so ist die unsrige nur eine scheinbare. Haben wir selbständige Kraft, so ist jenes Eine nicht unbedingt. Giebt es nur Ein Absolutes, so ist dieses das allein Sciende, und wir haben kein Sein. Haben wir, die Vielen, ein Sein, so sind wir selbst die Absoluten und brauchen kein weiteres. Haben wir kein Sein oder nur ein bedingtes, so hilft uns auch das Absolute nichts. Wir bleiben doch arm, bedingt, ewig unmündig.

In Wahrheit kann weder von bedingten noch von unbedingten Wesen gesprochen werden, sondern nur vom Wesen überhaupt. Die Unterscheidung von bedingt und unbedingt ist nur von dem Dogmatiker gemacht, der an zweierlei Arten von Wesen glaubt, indem er die Erscheinungen für eine Art derselben ansieht. Dennoch bedienen wir uns des nun einmal vorhandenen Ausdruckes „unbedingt" oder „absolut" für das Seiende, weil man denselben doch auch für das wahrhaft Seiende zu gebrauchen pflegt, und um das Seiende den gewohnten irrigen Vorstellungen von bedingt Seienden gegenüber als das wahrhaft Seiende wahr hervorzuheben.

Treffend erklärt Kuno Fischer: Wären die Dinge nur Modi, so wäre der Spinozismus, nämlich die Erkenntniss, dass die Dinge Modi sind, unmöglich. Wären die Dinge nur Monaden, so wäre die klare und deutliche Einsicht, oder die Erkenntniss, dass die Dinge Monaden sind, nicht möglich. Wären die Dinge nur Körper, so wäre Alles eher zu erklären, als der Materialismus selbst, welcher wissen will, dass alle Dinge nur Körper, alle wirksamen Kräfte, nur Körperkräfte sind. Wären wir blos fühlende, nur des Glaubens fähige Wesen, so könnten wir nicht zu der Erkenntniss gelangen, dass wir fühlen, weil wir eben nur fühlen — nicht aber erkennen können.

In allen diesen dogmatischen Systemen befinden sich zwei Voraussetzungen, die sich widersprechen; die eine heisst: wir sind der Erkenntniss vom Wesen der Dinge, also absoluter Erkenntniss fähig, die andere, wir sind bedingt, endlich, beschränkt.

Nur eine dieser beiden Voraussetzungen ist möglich; entweder wir haben absolute Erkenntniss und sind überhaupt nicht bedingt, nicht endlich — oder wir sind endlich und haben keine absolute Erkenntniss.

Die kritische Philosophie entscheidet sich für die letztere und sucht die Grenzen der menschlichen Erkenntniss zu bestimmen. Sie lässt die eine Voraussetzung fallen und nimmt die andere als wahr an. Woher hat sie die Erkenntniss, dass wir bedingt sind, dass unsere Erkenntniss bloss die Erscheinungen betrifft? erkennt sie Schranken, so sind diese Schranken nur Erscheinungen, mithin keine wirkliche, wahre und sind dieselben keine wahren, so ist unsere Erkenntniss ohne wirkliche Schranken, mithin schrankenlos. Hieraus geht deutlich hervor, dass der kritischen Philosophie wie den dogmatischen Systemen gleichermassen das sich selbst widersprechende Dogma unserer Bedingtheit zu Grunde liegt. Das bedingte Subject der kritischen Philosophie kann so wenig absolut sicher erkennen, dass es bedingt ist, als die endlichen Dinge der dogmatischen, dass sie endlich, dass sie Modi, Monaden etc. sind. Nur was absolute Erkenntniss hat, kann auch sicher erkennen, dass es erkennt. Wie sollen die selbstlosen Modi, die beschränkten Monaden, die Körper mit ihren bewegenden Kräften zur Erkenntniss kommen, dass sie Modi, Monaden, Körper sind und wenn ich meiner Natur nach nur fühlen und glauben kann, so kann ich auch nur fühlen und glauben, dass ich fühle, nicht aber erkennen. Wie soll der beschränkte Verstand des Kritikers richtig entscheiden, dass er beschränkt ist? nur wenn ich absolut erkenne, kann ich ein richtiges Urtheil fällen. Nur wenn ich prinzipiell erkenne, kann ich erkennen, dass ich erkenne. Nur eine Philosophie, welche auf absoluter Erkenntniss als ihrem Ausgangspunkt ruht, und diese nur zu entwickeln, zum Bewusstsein, zur Erkenntniss zu bringen hat, kann sich selbst erklären, kann aus ihrem Prinzip ihren Standpunct rechtfertigen und entgeht den Widersprüchen, in welche die früheren Systeme sich verwickelt hatten. Nur eine Philosophie, welche von der Einsicht ausgeht, dass alle Wesen ohne Ausnahme absolut sind, überwindet den Dualismus von bedingten und unbedingten Wesen, von sinnlicher und übersinnlicher Erkenntniss, von

Körper und Geist, Stoff und Kraft, in welchem alle andern Systeme nothwendig befangen sind, weil sie ihre Voraussetzung des Bedingten, des Sinnlichen, des Körperlichen ohne die weitere Annahme eines Unbedingten, Geistigen, Immateriellen nicht festhalten können.

Aber indem wir die Absolutheit der menschlichen Erkenntniss kategorisch behaupten, setzen wir da nicht eben wieder ein Dogma an die Stelle des frühern? Woher haben wir die Gewissheit, dass wir absolut erkennen? Wir haben sie von nirgends her, sie wird uns nicht gelehrt, nicht geoffenbart, wir haben sie nicht aus der Erfahrung, die blosse Erscheinungen enthält — sie wäre nicht sicher, wenn wir sie von aussen empfangen hätten — wir besitzen sie ursprünglich kraft der Absolutheit unseres Wesens. — Und wie so sind wir absolute Wesen? Weil bedingte Wesen unmöglich — weil sie widersprechende Einbildungen sind, weil wir Nichts sein müssten, wenn wir nicht absolut wären.

Das Dogma, was wir an die Stelle des früheren setzen, unterscheidet sich somit von diesem erstens dadurch, dass es keinen Widerspruch in sich schliesst. Es widerspricht sich nur, dass der Modus, die Monade, der Körper, das Gefühl absolut erkennen — nicht aber dass das absolute Wesen absolute Erkenntniss habe — und zweitens, dass es ein nothwendiges ist, denn wenn wir nicht absolut sind, so sind wir überhaupt nicht, und was nicht ist, kann auch nicht erkennen, dass es nicht ist.

Ist aber die Behauptung, dass wir absolute Erkenntniss haben, überhaupt ein Dogma? Absolute Erkenntniss besteht darin, dass wir das Wahre oder Wirkliche unmittelbar von Angesicht zu Angesicht schauen, in unserm tiefsten Innern spüren, empfinden, durch unsere selbsteigene Kraft wahrnehmen und zwar mit vollkommener, unbezweifelbarer Gewissheit — ohne fremde Vermittelung, ohne Belehrung, ohne Beweis, ohne Schlussfolgerung, ohne wunderbare Offenbarung oder göttliche Beihilfe, nicht etwa durch eine irgend wie bewirkte eigenthümliche Organisation unseres Geistes oder Körpes oder durch eine zufällig oder wie immer entstandene Gestaltung der äussern Verhältnisse.

Können wir uns einer solchen Erkenntniss rühmen? Wohlan denn: Beruht die Mathematik auf einem Glauben oder wunderbarer Offenbarung? Ist mir die Wahrheit, dass der kürzeste Weg zwischen zwei Punkten stets die gerade Linie ist, von einem Lehrer beigebracht worden oder habe ich sie aus der gemeinen Erfahrung entlehnt? Weiss ich nicht durch mich selbst und mit absoluter Gewissheit, dass $a - a$ ist? — Oder sind die drei Winkel des Dreiecks durch Gottes Fügung gleich zwei Rechten? und macht das kürzere Pendel schnellere Schwingungen nicht in Gemässheit seiner selbsteigenen Natur — sondern auf höheren Befehl, nach einem unerforschlichen Rathschluss?

Die Mathematik ist die sicherste Wissenschaft, und diese Sicherheit beruht auf keiner Offenbarung, auch nicht auf der gemeinen Erfahrung — sondern auf dem sinnlichen Wahrnehmen, auf meinem eigenen selbständigen Anschauen einerseits und dem selbständigen Einwirken des Angeschauten andererseits.

Ist es weniger gewiss, dass das Gute achtenswerth, das Schöne liebenswürdig ist? achten und lieben wir auf Commando? oder ist das Gute und Schöne (nicht die Vorstellung, die wir von demselben bilden, sondern das Gute und Schöne selbst) was uns so mächtig ergreift, was wir so tief empfinden, was wir hochachten und lieben, nichts Wirkliches? Sind sie nicht wirkende gewaltige Mächte? oder sind sie jenseits unserer Erkenntnissphäre — nicht in uns selbst?

Ist es nur eine blosse Meinung von mir, dass es andere Menschen als selbständige Existenzen giebt? Wie weiss ich dann von mir? Ohne Du kein Ich. Wie weiss ich von meiner eigenen Kraft und Selbständigkeit, wenn ich sie nicht an andern selbständigen Wesen messen, von ihnen unterscheiden kann?

Auch der consequenteste Idealist kann sich nicht überreden, dass er nichts empfinde, nichts wahrnehme; er ist auf das Festeste überzeugt, dass er wahrnimmt, obwohl er es nicht beweisen kann; nur weil er sich selbst absondert vom Wahrnehmen und die Dinge durch das Denken erkennen will, darum findet er leere Gedankendinge und läugnet die wirklichen, deren Wirken er von allen Seiten unausgesetzt bald freudig bald schmerzlich empfindet.

Wir nehmen nur das Wirkliche wahr, denn das Unwirkliche kann nicht wahrgenommen werden, weil es nicht existirt. Hier ist keine Täuschung möglich — nur der Dogmatiker täuscht sich, indem er glaubt, dass er die Erscheinungsdinge wahrnimmt. Wir brauchen keinen Beweis für das Dasein des Wirklichen, wir erkennen es ohne Beweis, ohne fremde Belehrung oder Beihilfe mit absoluter Sicherheit — kein Skepticismus der Welt kann diese Gewissheit zerstören. Also die Behauptung, wir haben absolute Erkenntniss vermöge unserer selbsteigenen absoluten Beschaffenheit, ist kein Dogma, sondern eine Erkenntniss, die wir aus uns selbst schöpfen. — — Oder wir sind bedingt — und dann erkennen wir das Wahre weder mit noch ohne Beweis. — Aber woher haben wir dann die Wahrheit, dass wir bedingt sind? Aus unserer eigenen Natur nicht — sie wird nicht erkannt, sondern angenommen, geglaubt auf das Zeugniss irgend einer eingebildeten Autorität oder einer vermeintlichen Erfahrung — gegen unsere innerste Ueberzeugung — im Widerspruch mit unserm Selbstgefühl.

Den bisher entwickelten Anschauungen gegenüber wird die grosse Anzahl der Kleinmüthigen einwenden: wie können solche beschränkte Köpfe, wie wir sind, erkennen, was die Welt im Innersten zusammenhält oder gar so kunstreiche Verbindungen, wie auch der einfachste Organismus ist, zu Stande bringen und werden dieselben für Ausgeburt höchster Anmassung halten; aber es ist ihnen nicht zu helfen, so lange sie bei ihrer Meinung verharren, nur sollten sie sich nicht anmassen, höhere Ansichten zu perhorresciren eingedenk ihrer eigenen eingestandenen Beschränktheit. Man kann sich mit Solchen nicht verständigen, die ihre eigene Selbstständigkeit gar nicht kennen, die ihr eigenes Selbst bezweifeln oder unter eine Menge Bedingungen stellen, deren Selbsterkenntniss noch so niedrig steht, dass sie ihre Selbstständigkeit kaum dunkel fühlen. Man kann die Selbsterkenntniss nicht geben, nicht lehren, ein jeder muss sie selbst haben. So wenig man mit einem Blinden von Farben, so wenig kann man mit einem, der seine absolute Selbstständigkeit nicht selbst erkennt, von Selbstständigkeit sprechen.

Die Selbsterkenntniss ist die Bedingung aller Erkenntniss, sie schliesst alle übrige Erkenntniss in sich ein. Wer sich nicht selbst d. i. als ein Selbst erkennt, der kann überhaupt nicht erkennen, denn zum Erkennen gehört vor Allem das erkennende Selbst.

Und die Ursache dieser geringen Selbstachtung, unserer ganzen hausbackenen Gesinnung, ist keine andere als die landläufige Erfahrung, die uns in allen möglichen Variationen vorspiegelt, dass wir unbekannten Mächten unterthan seien, diese Erfahrung, von der wir so viele Beweise haben, dass sie uns betrügt und der wir trotzdem doch immer wieder Glauben schenken. Descartes hat Recht: alle Thatsachen dieser Erfahrung, auch die der scheinbar sichersten Art erweisen sich als leere Einbildungen. Wir erfahren diese Täuschung, so oft wir träumen. Ganz dieselbe Erscheinung erfüllt unsere wachen Sinne und begegnet uns als Traumbild. Wir erleben, was wir geträumt haben, und wir träumen, was wir erlebt haben. So können Erscheinungen, die ihrem Inhalt nach ganz gleich sind, Erfahrungsobjecte und Traumbilder sein. Wir nehmen die einen für wahr, die andern für falsch. Aber in dem Inhalt derselben liegt keine Bürgschaft für ihre Wahrheit; sie gelten uns für wahr, wenn sie nicht Träume sind. Dann aber müsste es ein

Kriterium geben, welches den Traum vom Wachen untrüglich unterscheidet und wo ist dieses Kriterium? Der Traum ist mindestens ein Zeugniss für die Unsicherheit auch der scheinbar gewissesten Vorstellungen, für welche sich jedoch noch viele andere Beweise vorfinden.

Und dieser Erfahrung schenken wir Glauben, wenn sie uns den Tod als eine Vernichtung unseres Bewusstseins vorspiegelt, wir erschrecken vor der Erscheinung des Todes als wenn sie eine wirkliche Macht wäre. Und doch ist der Tod nichts als eine von uns producirte Vorstellung, wie jede andere, wir erzeugen dieselbe, indem wir die gegenwärtige Form unseres Zusammenhangs mit den andern Wesen auflösen und eine andere eingehen. Aber wir können aus diesem Zusammenhang nicht ausscheiden, weil wir das Universum selbst sind und alle Andern in uns haben. Der Zusammenhang kann nicht aufgehoben — sondern nur geändert werden. Wir bleiben die ewigen unendlichen Wesen, und ändern nur unsern innern Zustand. Nur wer den Schein, die irrige Vorstellung, die er sich von dem wirklichen Vorgang macht, für das Wirkliche und Wahrgenommene selbst hält, erschrickt vor dem Tode; wer hinter die Coulissen blickt und das Getriebe erkennt, welches die Gespenst-Erscheinung auf der Bühne bewirkt, lässt sich nicht von ihr imponiren.

Und besteht unser Sein nicht bloss in dem Für-sich- sondern zugleich in dem Für-andere-sein, in der Liebe, muss da nicht jeder willig sein Leben hingeben, damit Andere an die Reihe kommen und sich auch desselben freuen können, da es doch klar ist, dass nicht Alle zugleich in demselben sein können; wäre es nicht egoistisch, mithin unsittlich sich in dem fortwährenden Besitz des Lebens zu wünschen, da in diesem Fall die Andern niemals in denselben gelangen könnten? Sollen wir uns nicht in demselben Masse freuen, dass Andern Gelegenheit gegeben wird, dasselbe Glück zu geniessen, was wir genossen haben, als wir bedauern, dasselbe verlassen zu müssen? Nur wer sein liebes Ich stets im Auge hat, nur wer in seinem Herzen für Andere keinen Platz hat, kann den Tod als ein Uebel betrachten. Aber wer sich über die gemeine Vorstellung vom Tod als einem Ausscheiden aus dem nothwendigen Zusammenhang der Welt erhoben und sich als absolutes Wesen erkannt hat, der kann, wie überhaupt durch kein Ereigniss, so auch nicht durch dieses beunruhigt werden, der verlässt furchtlos und muthig die gegenwärtige unvollkommene Stufe seiner Verbindung um zu höhern emporzusteigen. Und ist es zur erfolgreichen Entwicklung des Wesens nicht nothwendig, dass dasselbe aus den alten Verhältnissen, in welchen es stets eine gewisse einseitige Lebensrichtung verfolgt und eine zunehmende Zahl von Vorurtheilen und verfehlten Handlungen ansammelt, sich wieder los macht, um in der Zukunft in neue Verhältnisse einzutreten, durch welche es zu neuen Anschauungen angeregt wird und neue Kampfplätze für seine Thatenlust gewinnt?

Soll die Ausbildung des Wesens eine allseitige, soll seine Vervollkommnung eine absolute sein, so ist der Tod als die Abstreifung der alten Verhältnisse das nothwendige Mittel hiezu. Kein Zustand ist ewig — wie kein ewiges Leben, so gibt es auch keinen ewigen Tod. Es gibt ewig eine Grenze, sagt B. Cotta treffend, aber keine ewige Grenze, so gibt es ewig einen Tod, aber keinen ewigen Tod.

Dieselbe Erfahrung, welche uns durch die Erscheinung des Todes, des Vergehens in Trauer versetzt, erfüllt uns mit Freude durch die Erscheinung der Geburt, des Entstehens. Aber wie der Tod, so ist auch die Geburt nur eine Erscheinung, die wir in Folge der Aenderung unseres Zusammenhangs bilden, nicht ein Eintreten in den Zusammenhang, wie der Tod kein Austreten aus demselben ist. Wir sind nach wie vor die ewigen Wesen und ändern nur unsere Zustände.

Wir sind die Bedingungen alles Entstehens und Vergehens, und Geburt und Tod nur unsere wechselnden Zustände. Das Beharrliche wird nicht erzeugt, ist nicht Erscheinung — also Wesen, und unsere Trauer und Freude gilt mithin nicht dem Vergehen und Entstehen des Wesens oder seiner wesentlichen Funktionen, sondern nur seiner Zustandsveränderung.

Wir jammern über Unglück, welches in grauenhaften Gestalten auf uns heranstürmt. Auch diess ist nichts anders als eine von uns selbst geschaffene Vorstellung, der wir irrthümlicher Weise ein wirkliches Sein zuschreiben. Nur derjenige wünscht dauerndes Glück, welcher nicht weiss, dass es eine Vorstellung ist, die gar nicht möglich wäre, wenn wir die Vorstellung des Unglücks nicht hätten; denn nur indem wir beide in ihrem Gegensatze unterscheiden, kommen wir zu dem Bewusstsein von Glück und Unglück.

Wir klagen über unsere beschränkte Kraft. Was ist unsere Kraft gegen die gewaltigen mit ungeheurer Geschwindigkeit dahin eilenden Weltkörper? Was kann ich gegen sie ausrichten? — Aber wären diese und ihre Bewegung ohne uns, ohne die Einzeldinge, vorhanden? sie verdanken ja nur uns ihr Dasein. Das Einzelne für sich, separirt von den Andern hat gar keine Kraft, hat überhaupt kein Sein; sein Sein, seine Kraft besteht nur im Zusammenhang mit allen Andern und in diesem Zusammenhang vermag es Alles. Wollen wir annehmen, ich hätte separat für mich eine Kraft so gross als die aller Andern zusammengenommen, so folgte, dass ich diesen das Gleichgewicht halten könnte; jedoch um sie in Bewegung zu bringen, müsste meine Kraft grösser sein, als die der Weltkörper, dadurch würde ich sie mit mehr oder weniger Geschwindigkeit bewegen, doch (mag man sich dieselbe noch so gross denken) würde ich immer noch einen Widerstand an ihnen finden. Damit ich an ihnen gar kein Hinderniss hätte, dürften dieselben gar keinen Widerstand leisten, müssten sie ohne eigene Kraft sein; jetzt könnte ich sie bewegen ohne einen Widerstand zu überwinden zu haben, und jetzt erst wäre meine Kraft unbeschränkt. Ja, aber was bewege ich jetzt? jene gewaltigen Massen der Weltkörper nicht (denn diese haben ja Schwere etc.); ich bewege Kraftloses. Aber dieses kann erst recht nicht bewegt werden. In das Leere und Nichtige sind die stärksten Schläge erfolglos. Und gerade jetzt wäre daher meine Klage über Beschränktheit meiner Kraft zu rechtfertigen. Das Widerstreben der Andern gegen meine bewegende Kraft ist kein Hinderniss, sondern im Gegentheil das Erforderniss, damit die Kraft wirke. Kein Wirken ohne Gegenwirken*), das Wirken, das ganze Leben besteht im Ueberwinden von Hindernissen. Nur der Schwächling sucht das Glück in der Ruhe, im Nichtsthun, er sucht es da, aber er findet es nicht.

Wir halten uns für beschränkt, weil wir Einwirkungen erfahren, die unsere Pläne durchkreuzen, die deren Ausführung hindern und glauben nun, wenn wir keine Einwirkungen von andern erführen, oder wenn wir dieselben so in unserer Gewalt hätten, dass wir mit ihnen nach Willkür schalten können, so müssten wir Alles mit Leichtigkeit durchführen können, was wir wollen, weil wir nicht bedenken, dass es eine Unmöglichkeit ist ausserhalb aller Wechselwirkung mit den Andern etwas zu erreichen, dass wir jedoch Alles durchführen können, wenn wir die rechten Mittel ergreifen, die passenden Verhältnisse herstellen, — und dass wir nur dann in der Ausführung unserer Absichten gehemmt werden, wenn wir aus Unverstand falsche Mittel anwenden oder wenn wir Unmögliches oder Widersprechendes verlangen. Wenn ich mit dem Kopf geradezu durch die Wand fahren will, so will ich Unmögliches, ich kann dies auch mit der Hilfe eines Gottes nicht ausführen — wohl aber wenn ich die richtigen Mittel anwende, Meissel und Hammer gebrauche und die Wand durchbreche. Wer ohne geeignete Anwendung von

---

*) Ohne Subject kein Object. Wie sollen wir von Wind und Wetter abhängig sein, wenn ohne uns Wind und Wetter gar nicht möglich ist?

Mitteln etwas erreichen will, der verlangt Unmögliches und Unmögliches kann auch ein Gott nicht möglich machen.

Wir können die Zustände ändern, in denen wir uns befinden, wir können sie vollkommener gestalten, — und in diesem stufenweisen Vervollkommnen der Zustände besteht eben die Arbeit und die Lust des Lebens, das Leben selbst. Der vermeintliche Gott, welcher uns über diese Stufen auf wunderbare Weise hinübertragen soll, ist das Gebilde einer kranken Phantasie; wer sich auf seine Hilfe verlässt, ist sicher verlassen. Die widersprechenden Eigenschaften, mit denen man ihn belegt hat, darf man nicht dem wirklich Seienden beilegen, man darf von diesem nicht fordern, es solle die Wunderwerke verrichten, welche man von jenem vergebens erwartet hatte. Das Seiende lebt und wirkt, indem es sich seine gesellschaftlichen Verhältnisse schafft. Diese Verhältnisse erscheinen zwar als Schranken, sind aber in Wahrheit die nothwendigen Stufen der Entwicklung; indem wir diese Schranken überwinden, kommen wir höher. Die Schranken sind nichts Wirkliches, sondern von wirklichen Wesen, von uns selbst hervorgebracht, und nur demjenigen, der die Erscheinungen für wirklich hält, sind auch diese Art Erscheinungen, die Schranken, wirklich.

Wir halten uns für beschränkt, weil uns immer etwas zu wünschen übrig bleibt, weil unser Streben niemals ganz befriedigt wird. Aber setzen wir den Fall, wir wären an einem festen Ziel angelangt und vollkommen befriedigt, so wäre dieses Ziel das Ende unseres Strebens, mithin eine Schranke, die wir nicht überschreiten können. Dieses Endziel wäre eine wirkliche unüberschreitbare Grenze und wir wären jetzt in der That endlich. Eben weil wir unendlich sind, darum streben wir in Unendlichkeit fort, darum ist eine Grenze unseres Wirkens unmöglich. Es liegt im Begriff des Unendlichen, dass es kein Ende hat, mithin niemals fertig ist. Die Vorstellung eines Unendlichen, welches auf der absolut höchsten Stufe der Entwicklung steht, somit nicht weiter fortschreiten kann, ist eine widersprechende; ein unendliches Wesen ist dasjenige, was (sowohl räumlich als zeitlich) kein Ende hat. Das Ende wäre ein Mangel, eine Negation; wir negiren diese Negation indem wir sagen, das Wesen ist ohne Ende oder unendlich. Nur ein unendliches Wesen ist unendlicher Entwicklung fähig, und indem es sich wirklich entwickelt, hat es nothwendig immer eine höhere Stufe über sich, im Vergleich zu welcher es niedriger steht, in Bezug auf welche ihm etwas zu wünschen übrig bleibt. Weil wir uns von dieser höheren Stufe getrennt sehen und weil wir uns anstrengen müssen, sie zu erreichen, darum meinen wir, es sei eine Schranke vorhanden, aber diese ist nur scheinbar, weil wir sie überschreiten können, und wirklich auch überschreiten.

Wir halten uns auch für beschränkt weil wir sehen, dass ein jeder nur in einer gewissen einzelnen Richtung sich ausbilden kann, sei es in Wissenschaft oder in Kunst, oder in Industrie und Handel, oder in irgend einer Handfertigkeit. Aber der Gelehrte ist nicht Gelehrter allein, der Künstler nicht Künstler, der Kaufmann nicht Kaufmann allein, jeder ist — Mensch und als solcher auch in andern Richtungen thätig, und nur in seinem Berufsgeschäft mehr als in andern. Und die Zahl dieser Richtungen ist unendlich, ein jeder ist in dem ganzen Universum thätig und bei der Producirung jeder einzelnen Erscheinung in höheren oder niederem Masse betheiligt; ich bin nicht bloss Begründer meiner Familie, sondern auch der Erde, des Sonnensystems, und die Welt müsste aus den Fugen gehen, wenn ich aufhören könnte zu wirken.

Wenn der Mensch ein freies und selbständiges Wesen ist, so muss nun aber doch noch näher gefragt werden, wie es möglich ist, dass derselbe sich für bedingt und abhängig halten konnte, dass ein so niedriges, seiner unwürdiges Vorurtheil entstand und sein Gemüth von der frühesten Zeit an bis heute beherrschte? Die Antwort ist nicht schwer zu finden, wenn wir vor Allem auf den Urzustand des Menschen zurückblicken: Die Eindrücke, welche der Mensch bei seinem Erwachen ins Bewusstsein durch die Naturgewalten empfieng, erfüllten ihn so sehr theils mit Bewunderung, theils mit Furcht und Entsetzen, und sein Selbsterkennen war so dunkel, dass er sich ihnen gegenüber als klein und schwach anzusehen genöthigt war. Er war sich seiner eigenen Kraft noch nicht bewusst, er hatte noch viel weniger eine Ahnung, dass er diese Mächte würde beherrschen können, und glaubte sich ganz hilflos und verlassen. Allmählig regte sich zwar die Sehnsucht nach Befreiung aus dieser seinem innern Wesen widersprechenden Lage, das Gefühl seiner eigenen Selbständigkeit und Hoheit sträubte sich gegen diese Beschränkung und liess sie ihm als etwas Nicht-sein-sollendes empfinden, welches aufgehoben werden muss; aber dieses Gefühl war noch zu dunkel und das Vorurtheil seiner Schwäche, durch die tägliche Erfahrung fortwährend genährt, schon zu sehr eingewurzelt, als dass er sich selbst die Fähigkeit hätte zutrauen können, diese Schranken eigenmächtig zu überwinden. So kam es, dass er ausserhalb seiner selbst die Macht suchte, welche ihn schützen und befreien sollte, und so entstand der Glaube an die Existenz göttlicher Wesen; der Glaube ist die Folge der Reaction unserer innern Hoheit gegen den Wahn unserer Niedrigkeit; der Mensch verachtet jetzt die Welt, indem er die Abhängigkeit von derselben als Schein erkennt, er ist zu der Ueberzeugung gekommen, dass es Höheres gibt, und wendet sich demselben zu mit der ganzen Kraft seines Wesens. Es liegt etwas Rührendes und Erhebendes einestheils in der kindlichen Ergebenheit, womit der Mensch nun das Elend der Welt erträgt, und andrerseits in dem Heldenmuth, womit er zugleich an der gegen jeden Zweifel fortwährend ankämpfenden Ueberzeugung des Höchsten festhält. — Aber ein wunder Fleck besteht doch in seinem Gemüth — sein Ideal ist *jenseits*. Er hat die Schranken der Welt als Schein erkannt, aber er trägt doch ihre Fesseln und hofft nur auf Befreiung. Er ist nicht frei, er hofft nur es zu werden; er befreit sich nicht, sondern will sich befreien lassen und indem er der Abhängigkeit von der Welt entfliehet, geräth er in die Abhängigkeit von seinem Gotte; die Abhängigkeit ist nur an einen andern Ort verlegt, und es ist im Wesentlichen ganz gleich, ob wir von der Welt, oder von einem Gott, sei dieser nun ein persönliches Wesen oder eine blind wirkende Macht — Geist oder Materie u. s. w. abhängen.

Die Zufriedenheit, die der Mensch auf diesem Wege finden wollte, hat er nicht erreicht; er kann sie nicht erreichen, so lange er das Höchste, das Ideal ausserhalb seiner selbst sucht, so lange er nicht in sich selbst die Kraft gefunden, die ihn von allem Elend befreit. Es kann unmöglich ausser uns sein. Wie könnten wir etwas von ihm wissen, wenn es ausser uns wäre? es macht unsere Kraft, unsere Grösse, unser Sein, unser Wesen aus, ohne es wären wir nichtig; es ist nicht ein anderes als wir, weil wir nichts wären, wenn wir es nicht selbst wären. Ideales und Reales sind nicht substantiell Verschiedenes; wir betrachten das Ideale nur als ein Zweites, wesentlich von uns Verschiedenes, weil wir uns für bedingt halten. Ideal sind wir, insoferne wir überhaupt sind und real insofern wir in Verhältnissen mit andern sind. So lange wir in der widersprechenden Vorstellung befangen sind, dass wir bedingte Wesen seien, sehen wir das Ideale als ein von uns wesentlich verschiedenes unbedingtes Wesen an. Das Vorurtheil unserer Bedingtheit ist der Grund aller Verwirrung in Wissenschaft und Moral. Diese irrige Anschauung als Erbstück aus dem frühesten Kindesalter der Menschheit klebt uns noch immer an. Dem Kinde verargt man es nicht, wenn es nach fremder Hilfe sich umsieht, dem reiferen Alter geziemen gereiftere Anschauungen. Der Mann soll sich seiner Kraft bewusst sein, und fremde Hilfe verachtend selbst seine Schicksale sich bereiten, und darin allein sein Glück, seine Freude finden.

Wohl lässt sich andererseits gegen die Behauptung, dass

der Mensch ein unbedingtes Wesen sei, eine Unzahl von Fällen aus der Erfahrung anführen, die das Gegentheil zu beweisen scheinen. Denn betrachtet man die erbärmlichen Charaktere der Mehrzahl der Menschen in allen Ständen von unten bis in die höchsten Spitzen der Gesellschaft, das moralische und physische Elend zu allen Zeiten, so fühlt man sich allerdings versucht, den Menschen allen innern Werth, alle selbsteigene Kraft abzusprechen. Doch sucht man nach dem Grund dieser Thatsache, so findet man, dass alle diese Niedrigkeit in Gesinnung und Handlung eben aus dem Vorurtheil stammt, dass wir bedingte, abhängige Creaturen seien.

Wir müssen einsehen lernen, dass die bisherige Ansicht von unserer Bedingtheit ein blindes Dogma, ein leerer Wahn ist, wir müssen uns unserer eigenen Kraft bewusst werden, und den Muth haben, uns selbst zu helfen. Wir müssen vor Augen haben, dass wir uns gar nicht für bedingt halten könnten, wenn wir wirklich bedingt wären. Nur der Freie fühlt die Kette. In demselben Augenblick, wo wir durch Andere in Abhängigkeit versetzt zu werden meinen, erwacht das moralische Selbstgefühl, empört sich unser Innerstes gegen eine solche Zumuthung. Gerade die Hemmnisse, welche sich uns entgegenstellen, sollen uns zum Bewusstsein unserer eigenen selbstständigen Kraft bringen, — anstatt, wie es gewöhnlich allerdings der Fall ist, uns an unserer Kraft verzweifeln lassen.

Der innerste Kern der atomistischen Denkungsart ist das Gefühl der eigenen Selbstständigkeit, der Absolutheit des Individuums, und ihr Streben dieses Gefühl zum klaren Bewusstsein zu bringen. Daher war dieselbe schon im Alterthum gleich beim Beginn des philosophischen Denkens vorhanden, daher hat sie sich bis auf den heutigen Tag trotz der vielen Systeme derer, die sich für bedingt halten und trotzdem, dass sie selbst sich ihres innern Kerns niemals klar bewusst war, erhalten — als nothwendige Reaction des selbstständigen Geistes gegen die ihm von allen Seiten zugemuthete Abhängigkeit. Daher wird auch ihr Princip fortbestehen und bei fortgesetzter Ausbildung immer mehr Anerkennung finden — nicht zwar bei der grossen Masse, die es stets bequemer finden wird, in dem blinden Vertrauen auf fremde Hilfe ruhig im Sumpf gewohnter Vorurtheile stecken zu bleiben, als rastlos kämpfend sich empor zu arbeiten zu immer klarerer Erkenntniss und vollkommeherer Sittlichkeit — wohl aber bei den wenigen Grossen, die fremde Hilfe verachtend den wahren Genuss und die wahre Freude im selbstthätigen Fortschreiten von einer Stufe zur andern finden.

Und da die Absolutheit des Wesens nicht blos im Erkennen, sondern auch im Handeln besteht, so hat das atomistische Denken nicht blos ein theoretisches, sondern auch ein praktisches Interesse, indem es uns zum Bewusstsein bringt, was wir thun können und sollen; es befriedigt sowohl das wissenschaftliche als das ethische Bedürfniss, indem es den Verstand aufklärt, wie auch den Charaker veredelt und erfüllt somit den Zweck den die wahre Philosophie haben muss: Vervollkommnung des ganzen Menschen, fortschreitende Realisirung seiner idealen Natur.